Koichi & Eishin
「本日のご葬儀」

「お、おい」
「しっ。僕の詫びだ。『俺』のほうの記憶には残らない。へべれけで昏睡中だからな」
どういう言いわけだと思ったが、股間に這い寄ってきた英真にはぐりとくわえられて、ものを考えている余裕など吹き飛んだ。
（「本日のご葬儀」P.94より）

Chara

本日のご葬儀

秋月こお

キャラ文庫

この作品はフィクションです。
実在の人物・団体・事件などにはいっさい関係ありません。

【目次】

本日のご葬儀

口絵・本文イラスト／ヤマダサクラコ

本日のご葬儀

　シベリアからくり出してきた寒気団が凍るような寒風混じりのみぞれを降らせていた、二月初めのその日。

『斎葬祭《いっきそうさい》』社長の泉谷《いずみや》紘一《こういち》は、先代の跡を継いで以来最大のピンチに見舞われていた。

　千代田《ちよだ》区役所から依頼され、すでに棺おけ入りの仏様もお預かりしている通夜を挙行するために、近所の光源寺《こうげんじ》の住職の到着を待っていたところが、やってきたのはドタキャンの電話という事態……それも開式の一時間前という、文字どおりの土壇場でだ。

《紘一くん、すまんなあ。わし行けんわ》

　電話の向こうで和尚《おしょう》は、苦しげに息を詰まらせながら言った。

「いったいどうしたんです!?」

　声の調子からすると急病らしいと思いながら聞いた紘一に、和尚いわく。

《事故ったんじゃわ。原チャリにはねられてのう》

「そりゃ……！」

　内心（間抜けな！）と思ったが、口では「ご災難でした」と取り繕い、

「病院からですか？」

　と和尚の現在位置を聞いてみた。怪我《けが》の程度にもよるが、あるいは短めの経ぐらいならいけ

るかもしれない。なにせピンチヒッターの心当たりもないのだ。何とか坊主を確保したい。

ところが和尚の返事は、

《いや、いまから救急車を頼むんじゃわ。そんなわけで、すまんな》

よろよろした声で詫《わ》びて電話を切ろうとした和尚を、とっさに呼び止めた。

「あ、待った！　いまどこです⁉」

《桔梗堂《ききょう》の角じゃよ。出会いがしらにやられてのう》

「すぐ行きます！」

『和菓子の桔梗堂』の角といえば、通り三つ向こうの近所である。紘一はすぐさま社を飛び出した。


表通りしか歩かないショッピング客たちには無縁の存在ゆえ、地元民しか知らないが、東京は銀座《ぎんざ》相生町《あいおいちょう》の一郭に創業八十年余という老舗《しにせ》の葬儀社がある。

いまでは珍しいものとなった木枠のガラスドアを嵌《は》めた、三階建てのビルの入り口の上の看板は、風雪に黄ばんだ白トタンに黒のペンキで『斎葬祭』。

自宅での葬儀はめっきり少なくなった昨今、葬儀社といえば自前の斎場を持っているのがあたりまえで、斎葬祭も例外ではない。ただし自社ビルといっても間口三間、奥行きほどほどというこぢんまりした規模の建物の、もともとは事務所だった一階部分を改装した斎場なので、収容人数は詰め込んでもせいぜい五十人というところ。よって多くの会葬者が集まる『盛大な葬式』の会場には役不足で、しぜん客足もそれなりのものとなっている。

歯に衣着せずに平たく言えば、支払い的にもしめやかなタイプの葬式しか扱えない零細葬儀社というのが、もっとも実態に即した紹介だろう。

ちなみに登記上の経営形態は有限会社だが、実質は世襲で続いてきた個人商店で、いまの社長の紘一は、創業者の曾々孫にあたる。

歳はまだ二十五で、籍を置く地元の商店組合ではまだまだ洟垂《はなた》れあつかいの紘一は、早稲田《わせだ》大学経済学部で優秀な成績を収め、とある大企業への就職も内定していた。ところが大学卒業を目前にして先代の社長である父親が急死し、ほぼ自動的な（選択の余地なし、とも言う）成り行きで今に至っている。

もう外は暗く、道の向かいの街灯の光の帯が斜めに降りしきる雪混じりの雨脚を照らし出している。傘立てから社用のビニール傘を一本引っつかみ、巻きをほどいて広げながら小走りに玄関ドアを出たところで、『経理屋』と立ち話をしていた花屋の水島《みずしま》とぶつかりかけた。

「おっと、すまん！」

「あ、社長」

ちょうどいいところでと、銀ぶち眼鏡《めがね》を押し上げながら言いかけた『経理屋』こと斎葬祭社

員の斉藤達哉《さいとうたつや》の横で、

「どうしたん？　血相変えて」

と小動物系の目を丸くしてみせたのは、斎葬祭御用達《ごようたし》の生花店の三代目、水島郁《いく》。どちらも毎日（水島とはしょっちゅう）顔を合わせる仕事仲間であると同時に、三人は小中学校の九年間を同級生として過ごした仲だ。

小柄でリスっぽい丸ぽちゃ童顔な水島と、神経質そうな理系の顔だちをしているうえに銀ぶち眼鏡という老け造りの斉藤は、こうして並んでいると十歳は違って見えるが、どちらも紘一とおなじ二十五である。

「和尚から事故ったってドタキャンの電話が来たんだ！　桔梗堂の角だっていうから、ようすを見てくるから！」

銀座の老舗の若社長という身分が、どこかおっとりとした風貌にあらわれている紘一は、持ち前の長い足を大またに飛ばして走り出しながら斉藤に叫び、「マジ!?　うっそだろ！」という返事を耳に、愛用のタバコ自販機がある角を曲がった。

小回りを決めるために、差した傘ごと長身を傾斜させて角を曲がりきったとたんだった。目の前に人影を認めて「うわっ」と声が出たのと同時に、跳ね飛ばされる恰好《かっこう》でくるっと体が回転し、どっと地面に膝《ひざ》をついた。あわわっと顔を上げれば、ぶつかったと思《おぼ》しい相手は盛大に尻《しり》もちをついていて、濡《ぬ》れた地面に尻をついた恰好からキッと紘一を睨《にら》んできた。

「す、すいませんっ」

　とっさに謝って、

「だいじょうぶですか!?」

　とつけくわえた。出会いがしらに事故った相手は、一目でぐっと来るような長髪美女だったからだ。

　キューティクルリンクも艶《つや》やかな濡れ羽色のワンレングスが縁取る、卵形の輪郭に収まった美貌《びぼう》は、きりっと整った理知的美人の典型といった感じ。スーパースリムのジーンズにダウンジャンパーというボーイッシュな服装も似合ってはいるが、もしも和服姿だったら間違いなく一目惚《ぼ》れしていただろう。

　きつい一睨みをくれた彼女だったが、すぐに謝った紘一の態度に好感を持ってくれたようで、凛《りん》とした形の二重まぶたの目元を笑うようにゆるめた。もしも紘一に気持ちの余裕があったなら、それなりのリアクションをしていただろうが、いまは非常事態中だった。

「すいません、俺の前方不注意ですっ。急いでいたもんで」

　あたふたと言いわけしながら傘を差しかけてやり、路上に座ったまま痛みでも起きたように顔をしかめた彼女に手を差し出した。

「ええと、足でもくじきましたかね」

　履《は》いているのはスニーカーだが、ジーンズの裾《すそ》から覗《のぞ》いているほっそりした足首は、紘一の手首の太さほどもないようだ。旅行者なのか、彼女のものに違いない膨《ふく》らんだスタジアムバッグがそばに転がっている。

「いえ」

と低く答えた彼女は、差し出した紘一の手を冷ややかに無視して自分で立ち上がり、パンパンとジーンズの汚れをはたいて背を向けた。女性としては長身かつスレンダーな八頭身の、きゅっと引き締まった小さな尻を見せつけるように身をかがめてスタジアムバッグを拾い上げ、行ってしまう。

「あのっ」

呼び止めの声をかけたが無視されたので、二歩追って、

「これ、使ってください」

と百円傘を押しつけた。彼女は傘を持っていなかったのだ。それから胸ポケットに常備している名刺を差し出した。

「もし何かありましたら、俺はこういう者ですので」

あとから思えば、葬儀屋の社名が入った名刺に添えるには言葉が足りない言い方だった。

美女は受け取った名刺をちらりと見るなり、憤然とした目で紘一を睨んできながら、フンッというしぐさで名刺を放り捨てた。

「あっ、い、いやあの、何かあったらってのは、そういう意味じゃなく！」

あわてて言い直しかけたが、

「怪我でもされていたときにはご連絡を」

という意味だと続ける前に、彼女は怒り心頭といった足取りで角の向こうに消え、紘一は路上で氷雨《ひさめ》に打たれている名刺をしおしおと拾ってポケットに入れた。

「……ま、慣れてるさ。おっと、和尚和尚」

実際、家業のせいでふられた経験は両手の指に余る。地元の公立校に通った小学校時代にはお化け憑《つ》きだと噂《うわさ》されて女子たちには避けられていたし、中学でも『葬儀屋の息子』は色眼鏡で見られた。学年の半分以上は小学校で一緒だった連中だからだ。学区が広がる高校に入ってやっと事態はやや改善したが、何かというと「泉谷のうちは葬儀屋だ」というバラしが悪口として使われた。職業に貴賤《きせん》なしという言葉は建前の世界のことだった。

大学に入ってからやっと、世にいう『カノジョ』ができたが、最初の彼女とは一年近く続いたものの、あとの三人は長くて半年、いちばん気が合った幸島紀子《こうじまのりこ》とは二ヶ月でダメになった。結婚を前提としたつき合いがしたいと申し込んだとたん、葬儀屋という家業を継ぐ立場であることがクローズアップして、「そういう意味ではつき合えない」とふられてしまうのだ。

もっとも家業に対する差別意識をいちばん強く持っていたのは、紘一自身かもしれない。姉は四人もいるが一人息子ゆえに長男という立場を背負って生まれた紘一にとっては、いずれ家業を継がなくてはならないというのは切実なわが身の問題で、どうして葬儀屋などではないふつうの会社ではなかったのかと家系を恨んだことも一度や二度ではない。

すでに社長の座を継いでしまったいまとなっては、人の人生の締めくくりに関与する『あってはならぬが、なくてはならぬ』職業の担い手として、誇りと誠意を持って仕事にあたるべきだと考えているし、飲み屋のカウンターなどでも折りあれば「ご葬儀は当社で」といった営業も言えるようになってはいる。

しかしそれも、零細ながらも従業員を抱える社長としての義務感が為せる業であって、それ以上ではないのは、いたし方がないことだろう。誰《だれ》が好き好んで、死んだ人間の遺体や家族を失った遺族の悲しみ……あるいは死を悲しんでもらえない哀れな人生の終尾とつき合う仕事など、やりたいものか。

コンビニの前を通り過ぎたところで、自分を追ってくるらしい急テンポの足音に気づいて振り返った。斉藤だった。

紘一は老け顔だと思っているのだが、巷《ちまた》では歌手だか俳優だかの誰とか似の美形とか評されているらしい斉藤は、きゅっと口を引き結んだ短距離走の体勢で紘一の横を駆け抜けていった。元陸上部である。次の角の赤信号を見て立ち止まったのを、こんどは紘一が追い抜いた。べつに元バスケ部の血が騒いだわけではない。通行する車もいない赤信号に律儀につき合っている暇はないのだ。

和尚が事故った場所は人垣でわかった。騒ぎを目にして足を止めた野次馬と思しい連中が数人と、今日もフランス人形みたいに着飾った桔梗堂のバカボン娘とそのぐうたら婿《むこ》が、何をどうしていいかわからないようすで道端に集まっていたのだ。

「あ、泉谷社長、よかったあ〜！」

最初に紘一を見つけた、顔と愛想だけはいい桔梗堂の婿がそう声をかけてきたのが、思えば運の尽きだった。その場の全員が、面倒ごとの押しつけ相手を見つけた安堵《あんど》感にホッと愁眉《しゅうび》をひらいた。

「光源寺の和尚さんがバイクにはねられましてねえ。救急車はもう呼んだらしいんですけど、こういうときって警察も呼ぶんですよねえ？」

心配顔を作ってバカな質問をしてきた桔梗堂六代目・満永《みつなが》卯一郎《ういちろう》は、妻より十以上も年下の二十六だか七だとか。取り柄はハーフっぽいハンサムな顔とホスト上がりの愛想よさだけで、その顔にだまされて結婚したバカ娘は夫と二人で遊び暮らすことしか眼中にない、桔梗堂は親父さんの代までで終わりだ……という評判の人物。片手に派手な女傘を差し、もう一方の手はりゅうとした注文仕立てのスーツのポケットに入れてモデル立ちした恰好で紘一を窺《うかが》い見た。

その卯一郎の腕に腕を巻きつけたバカ娘（兼バカ若奥様）の薔子《しょうこ》が、四十前という年ごろをいっこうに勘案しない少女趣味な服を着込んだ小太りな体をくねらせながら言った。

「よかったわー、泉谷さんが来てくれてー。私たちって、こういうのに慣れてないでしょー？

あっちの人、さっきから動かないしーい。もう、どうしようかってー。ねえ、あなたァン?」

そうしたセリフを、黒服・黒ネクタイの葬儀屋仕様でいる紘一に向かって声もひそめずに言ってしまうところが、バカ娘のバカ娘たるゆえんだ。

信号で遅れた斉藤も到着して、バカ夫婦にまじめくさった顔で「こんばんは」と間抜けなあいさつを言った。

むろんそのころには紘一は、人生の修羅場を見慣れてしまっているがゆえの冷静な眼で、事故現場のすべてを見取っていた。

和尚は歩道に座り込んで右の足首をつかんで呻《うめ》いている。薔子が言った「あっちの人」というのは、道の向こう側で原付スクーターの下敷きになる恰好で倒れている中年女性。和尚をはねたあと電柱とも相撲《すもう》を取ったようだ。和尚も女性も降りしきる氷雨に濡れていたが、紘一の手には傘はない。あわてて出てきたのでコートも着てこなかった。

和尚と目が合ったので、まずは駆け寄って声をかけた。

「だいじょうぶですか!?」

「うむ。すまんなあ、紘一くん」

と答えてきた和尚は、肥満のせいでしわの少ない七十顔のひたいは脂汗《あぶらあせ》で光っているが、意識も気力もしっかりしているようだ。和尚のだろう広げたままの傘が転がっているのを見つけたので、取ってきて差しかけてやった。

「救急には電話できましたか？」

「うむ。太りすぎたのう、足がやられた」

「とりあえずだいじょうぶそうですね。顔色は悪くないですから」

力付けをこめてそう言った。

そこへ斉藤もやって来て、

「捻挫《ねんざ》ですか？」

と和尚の足首に触れようとした。

「触らんでくれ！」

和尚が叫んだ。

「折れとるんじゃ、バキッと音がした」

そう聞くなり、斉藤はすっくと立ち上がってポケットから携帯電話を取り出した。ピ・ピ・ピと画面を操作して耳に当てた。

「もしもし、金剛院《こんごういん》様ですね、いつもお世話になっております斎葬祭でございます。ご住職様はおいでになられますか？　あ、お通夜ですか。いえ、けっこうです。失礼いたしました」

通話を切って、ピ・ピと次のメモリー番号を検索しながら、まさしく取ってつけた調子で、

「お大事に」

と和尚に会釈し、

「こっちは俺がやるが、おまえもなるべく早く戻れよ」

と紘一に言いつけて、電話機を耳に当てながらもと来た道をずんずんと歩き出した。と思ったら戻ってきたので何かと思えば、もぞもぞとコートを脱いで紘一に投げてよこした。

「風邪《かぜ》ひくぞ、着とけ」

と顎《あご》をしゃくってきたところで、相手が電話に出たらしい。

「もしもし、円空寺《えんくうじ》様ですね？　いつもお世話になっております斎葬祭でございます。お上人様はおいでに……ああ、そうですか。失礼いたしました」

チッという身振りで電話を切り、次の相手の番号を探しながら遠ざかっていく後ろ姿は、携帯電話よりも通話料金が安い事務所の電話を目指して早歩きだ。

「すいません、失礼なやつで」

紘一は和尚に謝った。

「なんの」

と苦笑いしてみせて、

「わしよりあっちのほうが重傷じゃあないかの」

和尚は倒れているもう一人のほうへ顎をしゃくった。

「ええ、見てきます」

言いつつ、斉藤が置いていったコートは和尚に着せてやろうとしたが、「わしはいいから」

と断わられたので自分が羽織った。コートを忘れた濡れねずみの状態は、かなり寒かったのだ。

電柱のそばで仰向けに大の字になっている遭難女性の、目をつぶった顔には見覚えがあった。

バイクをどかし、簡易型のヘルメットをかぶった頭の横に膝をついて、大声で呼んでみた。

「もしもし!?『魚勝《うおかつ》』さん、だいじょうぶですか、聞こえますか!?」

胸が動いているので死んではいないが、いちおう手を伸ばして鼻息を確かめ、首筋の脈も探ってみながらふたたび呼んだ。

「もしもし、魚勝のおかみさん！　だいじょうぶですか!?　聞こえますか!?」

反応があった。つぶった目をぎゅーっとしかめたと思うと、真っ赤に口紅を塗った口が動いて、

「あーもー……」

と弱々しく吐き出した。

「やっちゃったわよー……あれ、だーれ?」

こちらも意識はまあまあはっきりしているようだ。

「光源寺の和尚さんですが、足首をくじいたぐらいみたいですよ。おかみさんのほうは?　どこが痛いですか?」

「あー……救急車来たわねー……父ちゃんに怒られるわー……」

なるほどピーポーというサイレンの音が近づいてきている。和尚が呼んだ救急車だろうとは

思ったが、あんたの分はいまから呼ぶのだとは言えない。

「ええ、もうだいじょうぶですから。気をしっかり持って。いいですね!」

「父ちゃんに電話しなきゃ……」

「俺がしますから心配しないで。すぐに来てもらいますから」

「じゃあ、息子をよこすように言ってちょうだいな。この時間は書き入れ時だから、父ちゃんは店にいてもらわないと。あ、電話番号はねー」

「知ってますよ、だいじょうぶです」

ちょうどそこで、けたたましくサイレンを鳴らし赤ランプをひらめかせた救急車が一つ先の角を曲がって姿をあらわし、紘一はさっきの卯一郎の質問を思い出した。

取り急ぎ携帯電話を引っ張り出し、かじかんでいる指で番号ボタンを『110』とプッシュし、耳に当てた。

《警察です》

「交通事故です。場所は銀座相生町三丁目の桔梗堂角。バイクと歩行者の衝突事故で、いま救急車が着いたところです」

しゃべっているあいだに救急車が到着し、助手席から白衣の救急隊員が飛び出してきた。

《ただちに警察官を向かわせます》

という警察本部からの応答に、

「よろしくお願いします」

と答えて電話を切った。腕時計で現在時を確認してぎょっとし（なんと六時十分だ！）、まあ落ち着けと自分に言い聞かせながら、和尚の電話を受けてからいままでの時間をおよそ十五分と推測して事故発生の時刻を逆算し、（午後六時五分前ごろ）と頭に入れた。警察の事情聴取に答える必要があるかもしれないからだ。

それから、通夜の開式まで五十分しかないという事実に急かれる焦りを（とにかく、ここを片づけないと）という一心で抑えて、まだ大の字に倒れたままの魚勝のおかみさんに声をかけていた救急隊員に名刺を差し出して言った。

「いま警察に連絡しました。俺へのご連絡はこちらに」

救急隊員は名刺を受け取ってさっと一瞥《いちべつ》し、

「了解しました」

と白衣の胸ポケットにしまった。非常事態を仕事場とする彼には、葬儀屋の名刺も特段のインパクトはなかったようだ。

「ちなみに救急に電話したのは、あちらの被害者です」

と言い添えたのは、隊員が和尚に気づいていないようだったからだ。

隊員はくるっと首をめぐらせ、傘を抱えて道端でうずくまっている和尚に目を留めて、

「わかりました」

とうなずいた。

「もう一台救急車がいりますかね」

「当人は足首が折れたと言ってますが」

「手配は?」

「まだです」

「電話願えますか?」

「わかりました」

携帯電話を取り出しながら、紘一は言った。

「すみませんが、俺はこれで失礼します。七時から通夜が入っていて、いまから和尚の代わりに経を上げてくれる坊さんを探さなきゃならないんで」

救急隊員はちらっと紘一を見やって「ご苦労様です」とつぶやいたようだったが、紘一はもう救急隊本部との電話にかかっていたので定かではない。

追加の救急車を手配し、刻々と針が動いていく腕時計を見い見い、魚勝の主人に電話した。携帯のメモリーに番号があるのは、何度か精進落としの鉢盛を頼んだことがあるからだ。

《へい、魚勝ですっ》

威勢よく電話に出てきたのは、息子らしい。

「泉谷と申しますが、そちらの奥様が交通事故を起こされましたのでご連絡しました。場所は」

　一気にしゃべって連絡を済ませるはずが、《親父、親父！　おふくろが事故ったって！》と息子は父親に電話を回し、紘一は一から言い直すハメになった。

「泉谷ですが、桔梗堂さんの角で奥様が人身事故を起こされまして」

《どこの泉谷さん？》

　親父さんの野太い声は、いたずらではないかと疑っているらしい声音で無愛想に聞き返してきた。

「四丁目の斎葬祭の泉谷です」

　と名乗り直して、続けた。

「今夜の通夜を頼んであった光源寺さんと、お宅の奥さんが事故りまして。光源寺さんから連絡をもらったんで、ようすを見に来たんです。いま救急車が来ているところですが、俺はもう会社に戻らなくちゃなりません。七時から通夜なんです」

《そ、それじゃ家内は死んだんですかっ!?》

　青くなっているらしい魚勝に、おかみさんは生きていて、意識もしっかりしているが怪我の程度はわからないこと、家に連絡してくれと頼まれて電話をした旨《むね》と、息子をよこせという伝言も告げて、

「とにかく、すぐどなたか来てください」

と電話を切った。もう六時二十分になろうとしている。人の面倒を見るのは限界だ。

もう一度和尚のところへ行って、

「すいませんが俺は戻ります。お大事に」

とあいさつして駆け出そうとして、桔梗堂の若夫婦と目が合った。

「あとはよろしく」

と言ったところが、

「え～っ!?」

と不平全開で目を丸くされたので、

「七時から通夜なんですっ！」

と言い返してその場を離れた。

「あ、警察も呼びましたから、事情説明お願いしますよ！」

「うっそ～！」

と来たが、取り合わずにダッシュにかかった。何時だ!?　二十分を過ぎてる！


事故現場から社に走って戻りながら、紘一は、和尚の代わりを務めてくれる相手を求めて、必死に記憶をまさぐった。知り合いの寺には斉藤が片っ端から電話しているはずだが、たぶん引き受け手は見つからないだろう。

預かった仏は、区のホームレス救護施設で生活中に急死した身元不明のホームレス男性で、身内の参列はない代わりに、施設仲間が集まるという。仲間内では人望があった人物らしく、せめて最後はちゃんとした葬式で送りたいという強い要望に、区の福祉局が折れた。ただし斎葬祭への発注価格は、最低限の式一式にもきびしい格安値段で（ありていに言えば、棺おけ代と火葬場の使用料、火葬場までの霊柩車での搬送代、骨壺《こつつぼ》代という最低限の必要経費に、葬儀手数料という名目でちょっと色をつけた程度だ）……

これがふつう一般の値段でやる葬式ならば、代役の坊主を頼めるアテもあるのだが、通夜と告別式を含めた葬儀いっさいの祭式と戒名付けまでを合わせて、布施は三万円しか出せないというのでは、よほどボランティア精神に富んだ寺でなくてはウンとは言わない。なにせ通常のレートを一桁《けた》下回っている金額なのだ。光源寺が引き受けてくれたのも、紘一が生まれる前からの長いつき合いがあるからである。

おまけに代役を開式に間に合わせるには、五分十分で来られる近場の寺というのが絶対条件で、そうなると引き受け手は皆目思いつけない。だが僧侶の読経《どきょう》抜きの通夜というのはあり得ない。

（くっそおお〜〜〜……いったいどうしろって言うんだ！）

いや、どうしようもない。あとは掟破《おきてやぶ》りの非常手段あるのみだ。

すでに忌ちょうちんに灯がともされている社の玄関に駆け込むと、受付に立っていた雑用バイトの千島光治《ちしまこうじ》と泉谷家長女の和子《かずこ》に（戻った）と手を振ってみせて、通用階段を駆け上がった。一階は斎場、二階は事務所と物置その他、その上の三階にある泉谷家の自宅に飛び込んで、

「母さん！」

と怒鳴った。

「母さん、ヘルプ頼む！　今夜の読経やってくれ、母さん！」

「はいはい、何を騒いでんの。あらあら、ずぶ濡れじゃないの」

居間の入り口の玉すだれを分けて顔を出した割烹着《かっぽうぎ》姿の母親に、紘一はあわただしく事情を告げた。

「光源寺の和尚がここへ来る途中で事故にあって」

「あーはいはい、和子から聞いたわ。風邪ひかないうちに着替えなさい。あら、それ経理くんのコートじゃない？」

「うん、借りた。それで代わりの導師がっ」

若いころから美人ではなかった下町育ちの働き者は、万事心得ているという顔でうなずいてみせた。

「そうそう、経理くんにもう電話はいいからって言ってあげて。代役は見つかったからって」

「ああ、頼むよ母さん」

紘一は心底からほっと胸をなでおろしながら言った。

母の絹子《きぬこ》は若いころに、浮気性のうえにすぐ手が出る夫にキレて、京都《きょうと》の尼寺に駆け込み入山したことがあるそうな。五人姉弟の長女の和子が高校生、末っ子で長男の紘一はまだ生まれていなかったころの話だ。

本気で尼になるつもりで入山したわけではない、要はあてつけの家出だったらしく、半年ほどして父に連れられて戻ってきたそうだが、そのあいだに多少の修行はしたようで、けっこう達者に経を読む。

そこでこの際、母をピンチヒッターに立てようというのが、進退窮まった紘一の目論見《もくろみ》だった。正式な資格などもちろん持ってはいないが、経さえそれらしく上がれば客は気づくまい。じつは父親が社長でいたころにも、一度その手で切り抜けたことがある。

「尼さんでもいいわよね？」

と聞かれて、

「もちろん」

と答えた。母が導師を務めるなら、当然そういうことになる。

「装束はあったよな？　しまいっぱなしで虫が食ってるかな」

そこへ居間の奥から二番目の姉の藤子《ふじこ》の声が怒鳴ってきた。

「母さーん、お袈裟《けさ》の仕方がわからないわー！」

「はーい、いま行くわー」

答えて母は、急ぎ足で居間の奥へ戻って行き、

「……へ？」

紘一は首を傾《かし》げた。いまのやり取り……藤子が導師をやるのか？

「はっ、まさか」

町内では舞台度胸のいいカラオケクイーンとして鳴らしているが、家の仏壇もろくに拝まないあの藤子姉さんが経を上げる姿など、想像もつかない。

「おっと、あと十五分！」

とにかく支度を急がせようと、母を追いかけて居間を覗いて、紘一は凍りついた。

輝くばかりに美しい、見知らぬ尼僧がそこにいたのだ。

物が多すぎて雑然の極みにある居間の一隅に、目を伏せてほっそりと座った彼女は、まさに掃《は》き溜《だ》めに白鶴といった風情だった。年はたぶん二十代の前半。天才芸術家が会心の作として生み出した日本人形のような、非の打ち所なく整った端正な美貌を純白の頭巾《ずきん》に包み、なで肩のなよやかな痩身《そうしん》に墨染めの衣をまとったその姿は、およそ男が尼僧という存在に夢見る謹厳な清楚さゆえの妖艶《ようえん》な色香をかもし出し……紘一は目前のピンチも忘れて茫然《ぼうぜん》と見蕩《みと》れた。

母を迎えて立ち上がった美尼僧がすっと目を上げた。その凜と切れ込んだ二重まぶたの目と目が合った瞬間、紘一は思わずアッと声をあげて彼女を指差した。

「さっきの方っ」

なのである。路上で転ばせてしまった、あの美女に間違いない。

頬《ほお》に血が上るのを感じて、紘一は（落ち着け！）と自分に命じた。どういう成り行きで彼女がここにいるのかはわからないが、とにかく縁はつながった。これは運命の導きに違いない。

「お袈裟はね、左肩からこう掛けて……藤ちゃん、後ろ直して。いい？　で、ここの紐《ひも》をこう結んでね……はい、できたわ」

母から「まだ若かったころの思い出だ」といって見せてもらったことがある、古びた紫色の無地袈裟は、美女尼の細い肩に掛かると、風格さえ漂わせてしっくりと似合った。

「あ、紘ちゃん、どう？」

こちらを振り向いてそう言った藤子の、ふだんは十人並みに見えている顔が、尼僧の涼やかな美貌と並ぶと厚化粧のけばけばしさを浮き立たせた。もっともやがて四十の大台に乗ろうという藤子を、比較の対象にすること自体が間違っているのだが。

「こちら、英真尼《えいしんに》さん。ご紹介は、浄土宗本山聖比丘尼《ほんざんしょうびくに》様ですって」

母の声にハッと気を取り直したが、言われた中身は耳を素通りしていた。

「ええと……浄土宗……？」

もごもごと口ごもった紘一に、たぶん紘一より少し年下だろう美尼僧は笑いをかみ殺すようすで顔を伏せ、紘一は耳が赤くなるのを覚えた。

「本山聖比丘尼様、よ。司会はあんたでしょ、覚えられないんなら手にでも書いていきなさい」

　母に言われて、紘一はなおさら赤面した。

「いや、あの、聞き慣れないお呼び名なんで。たいていはお寺様のお名前で呼ばせていただくもんですから。すいません、まだ業界三年目の未熟者です」

「いえ」

　顔を上げないまま低く答えた英真尼とやらの声に、ふと聞き覚えのようなものを感じたが、内線電話の呼び出し音が鳴って気が逸《そ》れた。藤子が電話を取り、

「ああ、ごめんごめん、こっちオッケーだから。連絡遅れてごめんね〜。え？　うん、そう、さっきの……だ〜いじょうぶだいじょうぶ、私もカ……ノジョも、プロよプロォ！　時間どおり開式ってことで、よろしく〜」

　斉藤らしき相手にけたたましく応答して受話器を置いた。

　見れば時計は開式十分前を指している。

「じゃあ、ご紹介は『浄土宗本山聖比丘尼、英真尼様』で」

　頭に刻みつつ確認を言った。

「いえ、『聖比丘尼』まででお願いします」

　そうたおやかに言ったアルト系のなめらかな声は、うつむいたままの尼僧の薄紅色の唇から発せられ、紘一はむさぼる勢いでその響きを記憶に刻み込みつつ、大急ぎでうなずいた。

「わかりました。僕は記憶力はいいんです、だいじょうぶです」

藤子がぷっと吹き出したのが聞こえたが、こんな美女を相手に『俺』などとは言えない。

「ええと、あまり時間がありませんが式次第の打ち合わせを」

「心得ておりますので」

「あ、そ、そうですよね。ええと、じゃあ」

思わずおろっとなってしまったところへ、

「入堂のご案内は私がするから、紘ちゃんはもう行って。司会しくじったら罰金だからね」

と藤子にうながされ、

「濡れたの着替えて。鏡を見てから行きなさいよ。ネクタイは曲がってるし、髪も直して」

そう母から注意を食らって、追い出されるように居間を出た。腕時計を見れば、あっという間にもう開式七分前だ。部屋に飛び込んでスーツを替えの上下に着替えた。靴下までは客には見えない。

「ええと浄土宗ってことは阿弥陀《あみだ》さんで、うっわ、祭壇にはお釈迦《しゃか》さんを出してあるぜ」

光源寺は臨済宗なので、本尊は釈迦ということで用意してあるのだ。しかし、もう参列客も集まっている前で本尊を取り替えるというのは……

「無理だな」

洗面所に踏み込みつつ声に出してつぶやいて、諦《あきら》めをつけた。

「あっ、英真尼さんには断わっとかないと」

回れ右して取って返そうとしたが、五分前を知らせる全館放送のチャイムがリ～ンゴ～ンと鳴り始めてしまった。居間に言いに戻る時間はない。取り急ぎ鏡に向かって、母に指摘された髪の乱れとネクタイのゆがみを直すと、紘一はダッシュで一階まで駆け下りた。

「司会、遅刻だぞ」

受付テーブルの向こうから小声で言ってきた千島に、

「わかってるよっ」

と咬《か》みついて、斎場のドアに向かった。ドアの前で立ち止まって一息大きく吸い込み、吸い込んだ息をぐっと下腹に押し込んで態勢を整えた。

（よし、行こう）

ドアをあけて、しずしずと司会席に足を運んだ。

開式前の定番ＢＧＭが静かに流れている狭い斎場内をそれとなく見渡せば、参列者は予想より多くて三十人ほど。区役所にも本名すらわからない身元不明のホームレスとして亡くなった故人の事情を思えば、よくもこれだけ集まったというところだ。最前列に座ったスーツ姿が異彩を放っている二人は、職務柄やって来た区の職員だろう。あとはみんなホームレス仲間のようだ。

遺影はなしの祭壇を飾っている花は、幼馴染《おさななじ》みの水島にだから言える無理を頼んで、売り物にはならなくなった捨て花をただ同然で活けてもらったものだが、質素ながらもそれなりに形になっている。本尊は、やっぱりどう見ても釈迦如来像。供物オッケー、焼香台オッケー……などなど最終チェックの目を走らせながら、司会席に着いた。スタンバイ済みの台本に目を落とし、マイクのスイッチを入れてアナウンスを始めた。

「本日はご多忙の中、故『ももんじい』様の御通夜式にご参列を賜《たまわ》り、まことにありがとうございます。開式に先立ちまして一言お願い申し上げます」

まで読み上げて、（携帯電話を持ってる参列者なんているのか⁉）と思ったが、そのまま読み続けた。

「携帯電話は電源を切るか、マナーモードにしていただきますよう」

それから思いついたままに、台本にはない断わりをつけくわえた。

「なお本日の御通夜式は、急病によります導師の交代により、浄土宗にて執り行わせていただきます。まことに恐れ入りますが、悪しからずご了承くださいませ」

祭壇上の本尊と導師の宗派が合っていないことに気づく客がいた場合の予防線だ。

そしてたっぷりと一呼吸置いて、

「ご開式まで、いましばらくお待ちください」

と告げてマイクを切った。

一礼して演台の前を離れると、紘一は取り急ぎ、内線電話機が置いてある受付に向かった。

「社長、社長」

と、なにやらニヤニヤしながら呼んできた千島に（あとにしてくれ）と手を振って、受話器を取り上げた。三階の居間の電話を呼んだが、応答なし。もう出たらしい。ちっと舌打ちして階段に向かった。二階にしつらえてある導師の控え室のドアをノックし、一呼吸置いてあけた。

美しい尼僧は折りたたみ椅子《いす》に腰掛けて瞑目《めいもく》していた。藤子はいない。

「恐れ入ります、お断わりをしておかなくてはならないことがありまして」

おずおずと声をかけた紘一に、聖比丘尼は静かに目をあけて見やって来た。

ぴたりと自分に向けられた黒い瞳の、魂を吸い込まれそうな美しさにどぎまぎしてしまいながら、紘一は詫びを告げた。

「じつは、祭壇のご本尊様が釈迦如来様でありまして。アクシデントがなければ臨済宗のお式をいただくはずだったもので、その、お取り替えする時間がなくて。まことに申しわけございませんが、なにとぞご了解ください」

聖比丘尼は小さくうなずいて了承してくれた。

「申しわけありません。よろしくお願いします」

最敬礼に頭を下げて、控え室を出た。何分だ!?　あと二分！

階段を駆け下りようとしたところへ、頭の上から藤子の声が降ってきた。

「そろそろご入堂よ、準備はいいの!?」

「ああ、いつでもオッケー」

と答えて駆け下りた。

相変わらず客も来ない受付に暇そうに立っていた千島が、バタ臭い風貌のひょろりとした長身をこっちに乗り出して、また「社長、社っ長～」と手招きしてきたが、あいにく紘一は忙しい。

「悪い、あとでな」

と通り過ぎた。

斎場の入り口の前までは急ぎ足。いったん立ち止まって深呼吸し、あわただしい気持ちを厳粛な気分に切り替えて、しずしずと司会席に戻った。時計を見つめながら呼吸を落ち着けて、七時ジャストにマイクのスイッチを入れた。

「ただいまより、『故ももんじい（という通称しかわからないのだ）様』の御通夜式を開式いたします。御導師様のご入堂でございます。ご一同様、ご低頭にてお迎えください」

アナウンスを終えると同時に、斎場の扉がうやうやしくひらかれ、英真尼がしずしずと入場してきた。導師が若い尼僧であることに気づいた客たちが一瞬ざわめいたが、ぶしつけなほどの声を上げる者はいなかった。

「読経いただきます御導師様は、浄土宗本山聖比丘尼様でございます」

というアナウンスの中、英真尼は遺体を安置した祭壇正面に進んでうやうやしく拝礼し、朱塗りの導師席に着座すると、自分でカーンと鐘を打ち鳴らして誦経《ずきょう》を始めた。

とたんにふたたび会葬者たちがざわめいたのは、経を唱える英真尼の声が、まるで老婆のそれのようにしわがれていたからだ。

先ほど聞いたしゃべり声とは打って変わったその悪声には紘一も驚いたが、誦経自体は堂々としたものだった。経巻も持たないまったくの暗誦《あんしょう》で、浄土宗が本尊仏と仰ぐ阿弥陀如来の衆生済度《しゅじょうさいど》の本願を滔々《とうとう》と説いていく。この宗派特有の歌うような節をつけた朗詠は、紘一がいままでに聞いたそれとはだいぶ違っていたが、これが本山流というものなのだろう。

ひとしきりの誦経を終えると、英真尼は立ち上がって祭壇のほうへ進み出たが、どうしたことか立ち上がり方も足取りもひどく危なっかしくて、紘一ははらはらしながら見守った。まるで百歳の年寄りのようなよぼよぼした動作なのだ。

しかも祭壇の前に立った英真尼は、よろよろと持ち上げた手をふらふらとさまよわせているばかりで、いっこうに式の続きにかからない。

会葬者たちがざわめき始め、紘一は二秒迷って英真尼のところへ足を運んだ。

「どうされましたか?」

とささやいた。

「おうおう、小僧どん、慣れぬ寺で物のありかがわかりませぬのじゃ」

というしわがれ声での返事が返ってきた。

「このとおり、目が不自由でございましてなあ。香と香炉のありかを教えてくだされ」

（目が不自由!?）と驚きながらも、とりあえず介添えを務めようと英真尼の手を取った瞬間、紘一はアッと声を上げそうになった。見下ろしていた英真尼の横顔に、ミイラのようにしわだらけの老婆の顔が重なって見えたのだ。英真尼の美貌に二重写しのように重なっている、その妖怪じみた老い顔のカッと見開いた目は白くにごり、なるほど盲目であるには違いない。

「おい、尼さんも病気か!?」

会葬者席から声が飛んできて、紘一はいますべきことを思い出した。

見れば、紘一が取っている手にも老婆のしわだらけの手が覆いかぶさっている英真尼の白い右手を、香入れに導いた。

「香入れです」

と教え、白い指が香をつまみ取るのを待って、その手を香炉の上に導いてやった。

「香炉です」

「おうおう、かたじけない」

二度目三度目の焼香は、老婆は自分で手を動かして間違わずに香をつまみ、香炉にくべた。

「南〜無〜阿〜弥〜陀〜仏〜、南〜無〜阿〜弥〜陀〜仏〜」

魔は嫌うという香の煙が立ち上る中、一心に念仏を唱える老婆は、おそらく悪霊ではあるまいが、改めて霊視の目を働かせて見ると、英真尼の体にすっぽりと覆いかぶさった全身憑依《ひょうい》状態で取り憑いている。ちなみに老婆は白い頭巾をかぶった僧形で、どうやら生前は尼僧だった霊らしい。

（いったいどういう……いや、これはどうしたらいいんだ？）

紘一は困惑の思いで、慣れたしぐさで手向《たむ》けの行を進めていく霊憑き英真尼のようすを見守っていた。

やがて英真尼（というより彼女に憑いた老尼僧）は一連の手向けを終え、おぼつかない足取りでよぼよぼと体の向きを変えた。紘一は介添えについてやり、導師席に腰掛けさせてやってから司会に戻った。老尼がふたたび経を唱え始めるのを待って、アナウンスマイクのスイッチを入れた。

「ご会葬の皆様のご焼香をいただきます。ご順に前へお進みください」

最初にスーツ姿の二人が立ち上がり、ほかの者たちも続いた。三十人ばかりの焼香は五分ほどで終わり、老尼の声に合わせての念仏唱和がしばらく続き、老尼がカーンと鐘を鳴らしたのが通夜の儀式の終わりの合図。

老尼が立ち上がるのに合わせて、アナウンスを入れた。

「ご一同様、ご起立ください。合掌……礼拝……お直りください。御導師様、ご退堂でございます。皆様、ご低頭にてお送りください」

マイクを切って、老尼の介添えに行こうとしたが、紘一が動く前に英真尼はすっくと立ち上がり、入堂のときとおなじしっかりとした足取りで斎場を出て行った。思わず後ろ姿に目を凝らしたが、ついいましがたまで二重写しのように見えていた憑依霊の姿は影も形もない。

（どうなっているんだ？）と内心首を傾《かし》げたが、司会者にはまだ仕事がある。

「これにて『故ももんじい様』御通夜式はとどこおりなく閉式いたしました。お忙しい中でのご会葬、まことにありがとうございました。なおご葬儀と告別式は、明日午前九時より執り行います。皆様お気をつけてお帰りください」

会葬者席に一礼して司会終了。マイクを切りながらふと祭壇に目をやって、ギクッとした。棺おけの枕元に、あの老尼の亡霊がちんまりと座っていたのだ。ついでに、棺おけの周囲に浮遊している雑霊たちまで視《み》てしまって、紘一は急いで霊眼を閉じた。

（見えない、見えない。俺には何も見えてない！）

うっかり『視える』人間であることを気づかれると、霊に頼られて面倒ごとが降りかかってくることは、なぜか霊視能力が開眼してしまった小学二年生のときに思い知っている。あれ以来、紘一のモットーの第一は『触らぬ神にたたりなし』……葬儀屋の息子としての生活の知恵でもあった。

それに、いまは婆さん幽霊より生きてる美人の心配が先だ。

会葬者たちの手前、非礼にならない程度にそそくさと斎場を出ると、紘一は英真尼の姿を探した。……いない。

親族の会葬者見送りもおしぼり配りもない通夜なので、スタッフたちは暇である。受付で退屈そうに雑談していた和子たちに聞いてみると、英真尼は藤子と上に行ったという。

「なあなあ、社長、あの尼さん、美っ人だよなァ」

からかい顔で言ってきた千島に、

「だな」

と正直に答えてやったら、

「惚れそう?」

とニヤつきやがったので、

「美男美女で釣《っ》り合いはいいだろ」

とうそぶいてやった。

ブッと噴き出して、「マジかよ!」とか笑い叫んできた千島は、小中学校が一緒だった斉藤たちほど長いつき合いではないが、中学で出会って高校卒業までバスケ部仲間だった気の置けない仲だ。斎葬祭での雑用アルバイトも、人手が見つからずに困っていた紘一に、千島が自分から言い出してくれたことだった。電話一本でいやな顔一つせずに駆けつけてくれるし、友人としては斉藤より馬が合うので、何かと重宝させてもらっている。

そんな千島に「あとは頼む」と言い置いて、紘一は急ぎ足で二階の導師控え室に向かった。

こんなふうに英真尼を心配するのは、彼女がど真ん中ストライクの美人だからというわけではなく、ああしたふうに霊の憑依を受けた人間がどんな目に遭うか、身をもって知っているからだ（と、紘一は自分に言いわけした）。

実際、紘一が小学校二年から三年にかけてのほぼ一年間、ほとんど学校に行けなかったのは、それが原因だったのだ。

頭痛、発熱、寝ても起きてもつらい全身のだるさ、原因不明の手足の麻痺《まひ》……一週間も半月も続くかと思えば、日替わりでころころと症状が変化することもあったそうした不調が、自分の体にぺったり貼《は》りついた（母たちには見えない）オバケたちのせいであるらしいことに気づいたころ、父がつれて来た美人なおばさんから聞かされた。

「あー……あなた、とんでもなく霊感が強いみたいね。視えるか聞こえるか、するんじゃない？　ああ、視えるの。うんうん、きみの右肩のところにキツネの顔をした女性の霊が憑いてるわね。でもキツネのお化けじゃなくて、ただのおばかさんな女の人の霊だから」

右肩の後ろから覗き込んでいたキツネ顔のオバケと目が合って以来、二週間も高熱が続いて寝込んでいた紘一に、きれいなおばさんはそんなことを言って、続けた。

「きみみたいな力を持った人間っていうのは、死んだのに霊界に適応できなくて現世に未練たらたらの低級霊たちにとっては、闇夜《やみよ》のランプみたいなものでね。『あ、あの子には私が視えてる。お願い、私を助けて！』って調子で頼ってくるのよね。でも、あなたには頼ってきた霊を助けてあげられる力はないんで、押しつぶされちゃって具合が悪くなるのよ。

きみにわかりそうなたとえで言うとねェ……たとえば、お父さんとお散歩に行ったとするでしょ？　で、急にお父さんが『おなかが痛くなった』って言って、きみに『おんぶして帰ってくれ』って頼んだとするでしょ？　お父さんはすごく苦しそうなんで、きみは『うん、いいよ』って言ってお父さんをおんぶしてあげようとするんだけど、きみがお父さんをおんぶできると思う？　きみはまだ二年生で小さくて、お父さんはおとなで大きいから、おんぶしたら重くって、きみはつぶれちゃうよね？

いまのきみは、そういう状態。でもって、きみにおんぶしてきて押しつぶしてる霊は、きみとは何の関係もないよその人で、おまけにきみが『いいよ』って言ったわけでもないのに勝手におぶさって来たんだから、『あっちに行け！』って追っ払っちゃっていいの。わかる？

じゃあ、お姉さんが手伝ってあげるから、一緒に追っ払おう。一、二の三で『あっち行け！』って思うの。いい？　じゃあね、思いっきり念じられるように、大きく息を吸って……行くわよ、一、二の、三！」

生まれて初めての強制除霊に成功したのは、いまから思えばその『お姉さん』の力によるものだったのだろうが、ともかく紘一は（あっちに行け！）と念じることで体に取り憑いたオバケを追い払えることを学び、併《あわ》せて取り憑かれないで済むコツも教わった。すなわち、視えてしまうものを（見えてない！）と否定して無視する方法である。

以来、紘一は視える霊に目をつぶることに努め、うまく無視できるようになるにしたがって憑依を受けることも減って、いまでは霊が視えるという生まれつきの能力自体をコントロールできるようになっている。よってふだんは霊は視えない。視ないように自分を規制しているからだ。

だが、霊視能力そのものが消えたわけではなく、また霊に憑かれたせいで蒙《こうむ》る霊障のつらさ苦しさもよく覚えている。

そんなわけで、いまは離れたとはいえ、一時はあのしわくちゃ老尼に全身を支配されるほどの強い憑依を受けた英真尼が、霊障によるひどい後遺症に見舞われているのではないかと……そう心配して、控え室に急いだのだった。

もっとも、たとえ英真尼が七転八倒の苦しみに襲われていたとしても、自分に憑いた霊を追い払う以外の除霊法など知らない紘一には、なすすべはないのではあるが……彼女の苦しみを理解できる人間であることをアピールすることで、彼女との間柄に何らかの進展を望めるのではないかという下心も、ないとは言わないが、それのどこが悪いだろうか。

コンコンコンッと申しわけばかりにノックして、返事も待たずにドアをあけた。

お茶出しを終えたところらしく空の盆を手にした藤子と、出された茶に口をつけようとしていたらしい英真尼が、同時に紘一を振り向き、藤子が言った。

「お疲れさん。どうにか無事に済んだわね」

「だいじょうぶですか!?」

紘一は英真尼に言った。

「頭が痛いとか、だるいとか苦しいとか、ありませんか!?」

口元に湯呑《ゆの》みを掲げたまま、英真尼は（え？）というふうに小首を傾げ、紘一は質問の補足説明を言った。

「式の途中、ごようすがおかしかったので、お体の具合が悪いのではないかと思いまして」

「ああ……」

と英真尼は薄紅を刷《は》いた唇の両端をわずかに上げて微苦笑を作り、

「もしや、視えたか聞こえたかなさいましたか？」

と、涼やかなファルセットで言った。

「あ、やっぱりさっきのは霊の声ですね。あの婆さん尼の」

「はい」

英真尼は笑みを含んだ表情でうなずいた。

「あの比丘尼はわたくしの守護霊のお一人で、わたくしの体をお貸ししてお力を借りましたの。だってわたくし、お経など存じませんもの」

言いながら美女尼はするりと頭巾を解いた。あらわれたのは、背中に届く長さの美しい黒髪。

紘一はアッと思い出して、さっきは言い損なった詫びの追加を急いで申し述べた。

「あのときはほんとに失礼しました！　先ほども、お顔は一目でわかったんですが、バタバタしていてお詫びを申し損ないまして。お怪我はありませんでしたか!?　いや、しかし、これはまたどういうご縁なんだか。こんなにすぐまたお会いできるなんて思ってもみませんでしたよ。いやあ、奇遇ですねえ、はっはっはっは」

「ちょっと紘ちゃん」

藤子が何か言いかけて、ぱくんと口を閉じた。英真尼となにやら目くばせし合ったと思うと、ククククッとうつむき笑いしたのはどういう意味か。だが笑われているのが自分らしいことはわかり、紘一は耳まで赤くなるのを感じながら抗弁した。

「すいません、日ごろ美人には縁遠いもんですから、つい舞い上がりまして」

「まあ……ほほほ」

と笑った英真尼のまなざしに秋波と思える色合いを見て取って、紘一は有頂天になった。

「よろしければ、今後も是非おつき合いを」

「ありがとう存じます」

たおやかに頭を下げて見せて、英真尼が言った。

「お言葉に甘えるようではしたないのですけれど、じつはわたくし、今夜の宿に困っておりまして……斎場の隅でもけっこうですので、一晩過ごさせていただくわけにはまいりませんでしようか」

「は……」

と紘一が絶句したのは、まさかそこまで好都合な展開になるとは思っていなかったせいで、うれしさに息が詰まったというところだったのだが、英真尼は誤解したようだ。

「ええ、わけも申さずにするお願いではございませんわね」

そう前置きして話し始めた。

「たいへん申し遅れましたが、わたくしは長らく恐山《おそれざん》で修行をいたしておりました巫言者《いたこ》でございます。修行が一段落いたしましたのでこちらに戻ってまいりましたが、戻ってみれば頼りにいたしておりました親の家はなく、途方に暮れております。

むろん明日には出てまいりますので、どうか今夜一晩お願いできませんでしょうか。お恥ずかしい話ですが、たくわえが作れるような暮らしでもなくて、ほんとうにほとほと……」

最後は声を細らせてうつむいてしまった英真尼に、紘一は大いに同情を示した。

「あなたのようなきれいな女性が、そんなたいへんな思いをされているとは思いませんでしたが、心中お察しします。一晩などと言わず、落ち着き先が決まるまでいていただいていっこうにかまいませんよ」

あわよくば一生とどまって欲しいと願いつつ、

「なあ、藤子姉さん?」

と姉に応援を求めた。

「そうねえ、あんたの部屋でよければ何日泊まってもらってもいいけど」

藤子はにっこりしながらそう答え、

「お、俺の部屋⁉」

紘一は目を剝《む》いた。若い女性の客を「男（である紘一）の部屋に泊めればいい」とは、つまり姉は英真尼に宿を貸すことには反対なのだ、と悟った。たぶん、まだ素性もわからないのにと警戒しているのだろう。

だが、大学を出て以来の、女性に縁がない生活とはそろそろおさらばしたい紘一としては、この『棚から牡丹餅《ぼたもち》』のようなチャンスを見過ごすわけには行かなかった。なにせ相手は、葬儀屋とは相性がよさそうな身の上らしいし、出家しているというわけでもなさそうな、紘一好みの超絶美女なのだ。

「あっ、いや、そうか、客間は物置になってるんだよな。でも片せば布団《ふとん》一枚ぐらい敷けるから、俺があっちに引っ越して」

ところが英真尼は、滅相もないという顔で、

「いえ、そんなご迷惑は！」

と手を振った。しかし、

「寝袋がございますので、紘一様がお寝《やす》みのお部屋の隅に置いていただければけっこうですの

で」

　と遠慮されても、紘一のほうが困惑する。

「いやその」

「そうすれば？　物置は荷物でいっぱいだし、だいいちあの部屋には霊がたまるんでしょ？　あんたがそう言うから、あそこはつぶしたんじゃない」

　親切ごかしで話を台無しにしようとする藤子の口出しに、紘一はやり返した。

「じゃあ俺は台所ででも寝るよ」

「いえいえ、そんなご迷惑は。ご一緒させていただければけっこうですから」

「いやその、俺も独身の男ですから」

「あら、オオカミになる心配？　あんたにそんな甲斐性《かいしょう》あるの？」

　と……英真尼が言った。

「わたくし、かまいませんことよ」

　ぎょっとなって、次の瞬間、紘一は真っ赤になり、頭の中は大混乱になりながら言った。

「あ、あなっ、あなたのような方が、そ、そんなこと、お、俺は、俺はその、う、うれしいですけど、わ、悪い冗談は」

「冗談など申しておりません」

　英真尼はキッパリと返してきて、ふと目の表情を変えた。おそろしく色っぽい上目遣いでしんねりと紘一を見やってきながら言った。

「わたくし、紘一様のような殿方との出会いを待っておりました。いえ、きっと紘一様とわたくしは、赤い糸でつながっている運命の相手なのですわ。それとも、わたくしはお気に召しません？」

もとより一目惚れというような心地を味わっている美女にそう迫られて、男・紘一、うれしくないわけはないが、これはあまりに非常識な展開だった。

（もしやこの女《ひと》、銀座で会社やってる社長の俺は資産家だろうって踏んでの、財産目当て!?）とか、（いやいや、そんな疑い方は失礼過ぎだぞっ）とか、（じゃあ、なんでいきなりプロポーズだよ、不自然すぎるだろ!?）とか、（マジで俺に一目惚れとか……）（バカかっ、うぬぼれんなっ！）とかとか……思いは千々に狂い乱れて収拾がつかない。

「い、い、い、いやあの、ま、まだお会いしたばかりで」

しどろもどろの紘一に対して、英真尼はあくまでも積極的だった。

「一目惚れということもございましょう？」

「は、はい、そ、それは！　し、し、しかし結婚を前提としておつき合いするには、ま、まずそれなりにおたがいを知り合う必要があるかとっ」

いまや悲鳴のような声になってしまった紘一の言い分に、英真尼は花がほころぶようにほほえんだ。その、非常時も忘れてうっとりとなってしまうような笑みを浮かべた美貌を、すっと近づけてきたと思うと、次の瞬間、やおら紘一の口に唇をかぶせてきて！

声にならない驚愕《きょうがく》にヒッと息を呑んだ唇を、ちゅくと吸われた。唇の合わせ目を舌で舐《な》められ、ぬめっと舌を入れられた。温かい舌先が紘一の舌先をそろりとなでて……

ショックのあまり目を丸く見開いたまま硬直していた紘一の耳に、ブフッ！と聞こえた破裂音は、藤子の口が立てたようだ。だがそれに続いたのは驚きの声ではなく、渾身《こんしん》で噴き出した息も絶え絶えの大爆笑だった。

「キャハッ、キャハッ！　こ、紘ちゃん、アッハハハハハハハハ‼」

笑い悶《もだ》える藤子の声をBGMに、まだ紘一の唇に触れたままの英真尼の柔らかい唇が甘くささやいた。

「ねえん？　わたくしを、お嫁さんにして〜ん？」

「キャ〜ッ、ストップストップ〜！　英ちゃん、やり過ぎ〜！」

笑うのとしゃべるのを同時にやろうとして、ヒイヒイ息を切らせながらの藤子の叫びに、

「え？」

と紘一は正気に返った。

「あーもー、いいとこなのに！　藤子さん、ひどいぞ」

という男の声にぎょっとなった。動いたのは、紘一から顔を離した英真尼の口だったのに、声は明らかに男のものだったのだ。

　しかも美女は、男の声色でケラケラと笑い出しながら言った。

「それにしても泉谷って霊感持ちだったんだァ？　それも、かなりの高性能かな？　いやー、気がつかなかったなァ。昔っから？　それとも最近？」

　こんどは男の霊が憑いたのか!?　そう思って紘一はカッと霊眼をひらいてみたが、見えるのは笑いながらしゃべっている英真尼自身の顔だけだ。

「お、おまえは誰だ！」

　紘一は叫んだ。もしも胸にロザリオでもあったならば、しっかり握り締めたい気分で思った。

（この女、何者なんだ!?）

　と、ぷうっと藤子がまた噴き出して、前にも増した勢いでげらげらと笑い始めた。

　もしやこっちにも何か取り憑いたか!?　とあわてつつ藤子を見やった耳に、相変わらずの男の声で英真尼が言うのが聞こえた。

「あのさ、いいかげん気づけよ。俺だよ、住吉英真《すみよしえいしん》」

「へっ？」

　と振り返った紘一に苦笑を向けながら、英真尼は男のしぐさで衣の懐からタバコの箱を取り出し、くわえたタバコに百円ライターで火をつけた。ふうっと煙を吐き出しながら言った。

「英真尼って時点で気がつくだろうと思ったのにさ。まさか名前も覚えてないなんて言うなよ？　中学まで一緒だった『拝み屋』の英真だってば。おばさんも、藤子さんや和子さんも、千島や斉藤だってすぐ思い出してくれたぜ？」

そう言って、うまそうに吸い込んだ煙をふうっと吐き出した。

「う……っそだろ……」

だが言われてみればたしかに、目の前の美貌にはあの幼馴染みの面影があるような気もする。

住吉英真は、斎葬祭の裏手の雑居ビルの上のアパートで易占の看板を出して商売していた、通称『拝み屋』の一人息子で、中学までは一緒だった。高校進学で行き先が分かれ、しばらく会わないでいたうちに、出していた看板ごと一家はどこかに消えていた。父親が借金を作って夜逃げしたという噂だった。

「ところで、ギャラはいつもらえる？」

吐いた煙が染みたらしい目をこすりながら、英真が言った。

「じつはほんとに貧乏でさ、ホテル代どころか今夜のめし代も持ってないんだ」

「だから、うちに泊まればいいじゃない」

藤子が口出しをして、

「あんたの部屋でいいわよね？」

と紘一に振ってきた。

「あー……いや、その……」

事態の急転について行けずに返事を口ごもったら、藤子はププッと思い出し笑いをして、

「ったく、あんたってば！『お、俺はうれしいですけど、結婚を前提としておつき合いするには、ま、まだお会いしたばかりで』……くっくっくっくっ〜〜〜……あーもー、可《お》っ笑《か》しいったら！」

しどろもどろで口走った、われながら恥ずかしいセリフを口真似つきで再現されて、紘一は首筋まで真っ赤になった。きっとこの話は尾ひれをつけて家族中に言いふらされるに違いないと思うだに、体温が上がって恥汗がにじむ。

「ふ、二人して俺を引っ掛けたくせにっ！」

とやり返しても、負け犬の遠吠《とおぼ》えもいいところだ。やけくそで言ってやった。

「わかったよ、狭くてもいいなら泊めてやるよ！　ただし夜這《よば》いはお断わりだ、俺はホモじゃねェッ」

そうつけくわえたのは、まだ唇や舌にキスの感触が残っていたから。いやみを込めて手で口をこすったが、英真には通じなかったようだ。

「助かるぅ！　やっぱり持つべきものは幼友達だね」

そう相好を崩した笑い顔は、英真がこの近所では札付きのワルとして知られていた中学時代、いっぺんだけ見た記憶をよみがえらせた。

めったに笑わないやつだったが、遊びに来いと誘ってやった紘一の部屋で、一度だけこんな笑顔を見せたことがある。当時いた年寄りの太っちょ猫を気に入って、「ブタみたいだ」とやたら可笑しがったときだ。

やっと（ああ、ほんとに英真なんだ）と納得した思いを味わいつつ、紘一は唸《うな》った。

「それにしても、えらい変わりようじゃないか」

『拝み屋』の英真といえば、小学校のあいだは、こぎれいな子どもたちのあいだで異彩を放つ、銀座の野生児といった存在だった。一週間もおなじ染みだらけの服を着ていて、髪はいつもくしゃくしゃ。顔には喧嘩《けんか》傷が絶えなくて、いつもどこかしらに貼っている絆創膏《ばんそうこう》がトレードマークのような少年。よく見ると整った顔だちをしているのだが、小柄で乱暴なので『サル』という悪口が定着していた。おとなたちまでが、『拝み屋のサル小僧』などと呼んでいたものである。

何か事件が起こればいちばん先に「またあいつだろう」と疑われ、教師に嫌われ、女子たちには忌み嫌われ、男子グループからもはじかれていた。ワルと目されていた以上に、「臭い」「汚い」が当時の英真の評判だったからだ。痩《や》せてギョロ目で目つきが悪くて、サルっぽくもあるが汚い野良猫のようでもあった英真は、たしかにそばに寄れば臭かったし、服から靴から髪から何もかもが薄汚かった。

中学生になってみんな一緒の制服で暮らすようになると、英真の身汚さも前ほどは目立たなくなったが、頭は相変わらずいつもぼさぼさで、顔にはしょっちゅう新しい傷が増えるのも変わらなかった。そんな英真が変わったのは、二年になって少し背が伸びたころから。

臭さ汚さを返上した代わりに、髪を染め、人を見下す目つきになり、ワルという悪評が格段にアップした。カツアゲや喧嘩騒ぎでしょっちゅう話題になり、学校にあまり顔を見せなくなり、たまに来ても教室には入れてもらえずに別室に隔離されていた。渋谷《しぶや》でヤバい薬の売人をやっているという噂がまことしやかに流れ、教師も生徒たちも（あいつならあり得る）と信じていたようだった。中三のころにはヤンキーというより、いっぱしのヤクザのような雰囲気になっていたからだ。

それがどう育つと、こうなるのか……思えばあれから十年たつのだから、人間どう変わってもおかしくないとはいえ、まるでさなぎを脱いで蝶に羽化したというようなこの変わりぶりは、想定外の驚異というものだ。わからなかったと責められる筋合いはないと言いたい。

そして英真にも、自分が大いに変わったという自覚はあるらしい。

「ま、そのへんはおいおい酒飲み話にでもな。もちろん紘一のおごりで」

と笑った。その笑みは、この美人が見かけどおりの美女ならば、男として有頂天になっただろうたぐいの媚惑《びわく》を含んでいたが、あいにくと相手は男で、しかも幼馴染みの友達にたちの悪いキスをかましてくるような破天荒者だ。（くわばらくわばら）と紘一は目を逃した。

それにしても『紘一』というのはなんだ？　昔は『泉谷』だったのに。馴《な》れ馴《な》れしさが気に障る。

「じゃあ、まずは風呂でも」

と言いかけて、紘一はここへ来たそもそもの用件を思い出した。

「霊を降ろした直後で、体に別状ないならだが」

と言い添えて続けた。

「疲れてるなら、部屋に案内するが？」

「風呂よりめしのほうがありがたいな」

英真は比丘尼姿にあるまじきコケティッシュな媚《こ》び顔を作って、猫なで声で言った。

「帰りの切符買ったら、有り金パア。断食行も三日目になると、けっこうふらつくんだよな」

「まる二日も食ってないのか!?　早く言え！」

思わず怒鳴って、そんな自分に既視感を覚えた。そうだ、中学のころ、何度も……

ふとしたことで英真の身汚さも傷だらけも父子家庭と父親の暴力のせいだったと知り、学校の給食だけで一日を過ごすような暮らしぶりでいることにも気づいたのは、中一の夏休みだった。学校が夏休みになってすぐ、家の近所の路地裏で動けなくなっていた英真を拾って……飢えと栄養失調が原因だという医者の言葉に、ガツンと殴られたようなショックを感じたことを覚えている。

泉谷家の経済事情もきびしいらしいことは、両親が三日とおかずにやる夫婦喧嘩で知っていたが、三度の食事もおやつもふつうに出てくる生活をしていた紘一は、自然現象としての空腹のつらさは知ってはいても飢えと言い表されるほどの困窮とは無縁だった。倒れている友人を見つけて、あわてて呼んできた父親の腕に抱き上げられた英真の、ぐんなりと力ないようすや青ざめた顔のうつろな表情が、言葉としては聞いていた『飢餓』による瀕死《ひんし》の症状だと知り、「少なくともここ何日かは何も食べていないのだろう」という医者の所見を聞いて、（そんなうちがあるのか⁉）と仰天すると同時にいたく同情した。

それ以来、紘一は英真の『えさ係』になった。

紘一が言ったことではない。英真が自分からそう言い出したのだ。

だが、英真が自分から『えさ』をねだってくることはなかった。ようすがおかしいのを察して紘一が尋ねてみると、「昨日はえさ抜きだった」とか「二、三日食ってないかも」といった白状をぼそぼそと言う。ただしそれも、紘一以外の人間に聞かれそうなときにはけっして口にしない。養育を放棄されて家庭内ホームレスのような育ち方をしていながらも、いや、それゆえにか、英真は人の何倍もプライドが高いやつだったのだ。

中二になって身ぎれいになると同時に悪評が高まったとき、紘一は（ああ、カツアゲで食ってるんだな）と察した。他人を脅してカネを巻き上げるのはもちろん犯罪だが、親からまともに世話してもらえない中学生にとっては生きていくための非常手段だろうと思えたので、非難するのはむずかしかった。一度だけ、「あんまりムチャするな」と言ってやったことがあるが、フンと鼻で笑われた。たしかに、ムチャでもしなければ衣食もままならなかった彼にとっては、恵まれた甘っちょろい人間からの腹立たしい忠告だったろう。

「あ、紘一、めしはいいわ」

英真が物音にぴくんと耳を立てるような表情になって言った。

「下で宴会が始まったから、あっちに混ざるわ」

「え?」

そこへノックの音がして、千島が顔を出した。

「ああ、ここだったのか。社長、おっさんたちが酒盛りを始めたぞ。今夜は泊まり込んでホトケさんの番をするんだそうだ。どうする?」

「あはは、正しい通夜ってわけだ。善哉《ぜんざい》々々」

笑いながら立ち上がった英真に、千島が顔をしかめて言った。

「おまえ、その格好で来るのか?」

「おっと頭巾」

どうやら千島は英真尼の正体を知っていたらしい。さっき言いたがってたのはそれだったのかと気づいても、あとの祭りだ。

白絹をかぶって器用に頭を包みながら、英真が千島に言った。

「賭《か》けは俺の勝ちだぞ。紘一ってば俺が名乗るまで、俺だって気がつかなかった。藤子さんが証人。千円払えよ」

「マジかよ。使えない社長だぜ〜」

千島はブツブツ言いながらポケットから財布を引っ張り出し、手から手へ千円札が渡った。

「紘一、これでにぎりめしでも差し入れしてくれねェ？　おっさんたちは酒とつまみしか持ってきてねェだろうから」

とのことで、千円札は紘一の手にやって来たが、

「うちには通夜客を泊める準備なんかないぞ」

「ふだんは野宿で暮らしてるおっさんたちだぜ。この天気に、屋根があって隙間風《すきまかぜ》も吹かないだけで御の字御の字」

そして英真は「メシメシ、メシ〜」とか鼻歌しながら、尼僧姿には似合わない大また歩きで部屋を出て行った。

「あ、待った英真！」

俺のことは『社長』と呼べと言いたかったのだが、それだと偉ぶりたがっているように思われるかもしれなかった。だが苗字《みようじ》で呼べというのも角が立つかもしれない。

結局、本題は持ち出せなくて、

「婆さん尼さん（の霊）、まだいたぞ」

と言ってやった紘一に、英真は廊下から振り返って「当然」と口をひん曲げた。

「そのために降ろしたんだ。スタッフに途中で帰られちゃ困るだろうがよ」

「あ、そうか」

という紘一の返事は、バタンと閉じたドアに堰《せ》かれた。

斎場はホームレスおやじたちの宴会場と化していた。椅子《いす》は壁際に押しやったフロアに、日焼けと垢《あか》じみで煤《すす》けた男たちが三々五々に車座を作り、裂きイカや柿の種をつまみながら言葉少なに安焼酎《やすじょうちゅう》を酌《く》み交わす情景は、一般市民は除けて通るだろう胡乱《うろん》さをかもし出していたが、一方で、酒をすすりながら故人の思い出話に歯の欠けた口元をゆるませ、あるいは涙や鼻水をぬぐうようすは、男たちの情の温かさを思わせる。

そんな車座の一つに英真尼《えいしんに》の姿を見つけて、（なじんでやがる）と思いつつ注文品を届けに行こうとした紘一《こういち》は、つんつんと背中をつつかれて振り向いた。千島《ちしま》が十センチ上空から渋面を寄せてきて言った。

「みなさん夜通しここで飲むつもりらしいぜ。いいのか？」

紘一も身長は百八十ちょっとあるのだが、千島が相手だと見上げることになる。

「やらせておくさ」

紘一は答えた。

もともと通夜というのは、家族や親族が夜通し死者に寄り添って、枕辺に上げた灯火や香の煙が途切れないよう線香やろうそくを接ぎ接ぎ遺体を守るゆえの『通夜』なのであって、経が上がれば用は済んだとばかりに家族も引き上げてしまういまの斎場式のやり方は、現代流の便法というものなのだ。

「これが本来だ」

とつけくわえた紘一に、千島は（やれやれ）というふうに頭を振ってぼやいた。

「じゃあ俺らも徹夜か？　届け出してない外泊は、寮長がうるさいんだよなあ」

千島は、中野《なかの》にある全寮制の神学校に籍を置いている神父の卵である。バタ臭い顔だちに似合わず、実家は江戸時代の開業だそうな老舗《しにせ》の料亭だが、小学生のころからエクソシストを目指してマイウェイを邁進《まいしん》してきている変わり者で、成績はかなり優秀らしい。校長には友人のためのボランティアと偽って、『斎葬祭《いつきそうさい》』にアルバイトに通って来ている。もっとも十二時間労働でも日額二千円ぽっきりのアルバイトというのは、充分ボランティアに近いだろうが。

ちなみに千島は、遺体を触るのも力仕事も苦にしない便利な雑用係だが、バイトに来るにも着たきりすずめの神学生服で出かけてくるような（かつ詰襟《つめえり》のホックは一度もかけていたことがなく、また、そうした自分をまったく気にかけない）大雑把な性格にできているせいで、うっかりミスを多発するトラブルメーカーでもある。

ゆえに、千島とは正反対の完ぺき主義ですべてに細かい斉藤《さいとう》とは犬猿の仲だが、幼稚園以来だそうな腐れ縁がいまだに切れていないところを見ると、それなりの友情が通っているのだろう。

「おまえと斉藤は上がっていいぞ」

紘一は言ってやり、

「ああ、斉藤はもう引き上げた」

と千島は答えた。

「ん?　ああ、八時半過ぎたか」

自転車操業もジリ貧状態の斎葬祭の会計仕事を一手に引き受けている『経理屋』は、いかにも神経質そうな容貌《ようぼう》が暗に教えているごとく厳格な定時主義の男で、けっして遅刻もしない代わりにサービス残業も絶対しない。たとえ何があろうと、一分たりともだ。

もっとも遅刻はしなくて当然だった。なにせ斉藤は住み込み従業員である。手取り十五万でボーナスも昇給の見込みもないという薄給で働く代わりに、元は祖父母の部屋だった紘一の隣室の六畳間に三食付で住んでいる。四畳半住まいの紘一よりいい暮らしだが、食費と光熱費は払ってもらっているし、遊んでいた空き部屋を提供することで家賃分の給料を倹約できた恰好《かっこう》の紘一にとっては、自分のより広い部屋を使われようが瑣末《さまつ》なことだ。また経理係としての斉藤は、もっと高給を取っても当然の有能な男なので、現金な時間厳守を押し通されてもしかたがないと諦《あきら》めている。

「おまえももういいぞ、お疲れさん」

「おう」

とうなずいた千島が、すっと耳元に顔を寄せてきて言った。

「あいつ、なんで舞い戻ってきたのか聞いたか？」

紘一も声を落として返した。

「いや？　何かわけがあるのか？」

「おまえには言ったかと思ったのさ」

「まだそんな話までやってる暇がなかったが、何かありそうなのか？」

「わからんが、なんせ英真だぞ」

要注意人物だと言いたげな口調で千島はささやき、紘一はどう答えたらいいか迷いながら肩をすくめた。

「昔と比べたらすっかりまともじゃないか」

「どこがだよ。ビジュアル系ナルシスト族なんかに化けやがって、いったいいままで何をやってやがったんだか」

「イタコだろ」

紘一は言い、千島は一瞬ぽかんとなってからプッと吹き出した。

「おまえ、ナイスぼけっ」

丸めた肩を震わせてクックッと笑いながら、千島はぽんぽんと紘一の肩を叩《たた》いた。

「ま、下手《へた》なことをしやがったら俺がシメてやるからさ」

「英真をか？　神の僕《しもべ》は平和主義だろ」

「神の御使《みつか》いだって、悪魔が相手なら剣を取って闘うんだぜ」

「いくらなんでも悪魔呼ばわりはひどいんじゃないか？」

やり返しながら紘一は、かつての英真がどれほど嫌われ者だったかを再認識させられていた。

紘一自身は一度も被害に遭ったことはなく、それどころか英真は、紘一の前では借りてきた猫のようにおとなしかったから、紘一にとっての英真はちょっと毛並みの変わったやつというぐらいの意識だったのだが、千島の中にはまったく別の英真像があるのだ。

「まあ、あのころはあいつ、家のことでいろいろたいへんだったんだよ」

とフォローを試みた。

「荒れてたっていうか、荒れざるを得ない事情だったというか」

「なんでか、おまえの前じゃ猫かぶってたからな」

千島はあしらう口調で冷たく言って、ふうっと口から息を吐き出した。

「もちろん、やつが悔い改めてまともな生き方を始めてるなら、俺も天にましますの主のシープドッグを目指す端くれとして、昔のことは水に流すが。まあ当面は警戒度デルタの監察処分というところだな」

そして「じゃあな」と肩をゆすって帰っていき、紘一は英真のところへ行った。

「おい、にぎりめし持ってきたぞ」

と声をかけると英真はぱっと振り返って、盆に山盛りにしたおにぎりにうれしげに手を出してきた。

「わお、おばさんの手作りかよ」

美人尼僧にあるまじく両手ににぎりめしをつかみ取り、さっそく一方にかぶりつきながらもごもごと言った。

「おまえも入れよ」

それから車座のメンバーたちに向かって顎《あご》をしゃくった。

「こいつ、ここの『社っ長～』で、俺の昔なじみ。いまはスポンサー兼宿主でさ」

「食いながらしゃべるな」

紘一は顔をしかめて、英真の口からこぼれて胸元に落ちためし粒を拾ってやった。

「いやん、尼さんに胸タッチなんてェ」

英真尼が体をくねらせ、紘一は思わず赤くなってしまいながらやり返した。

「ばかっ、めし粒がこぼれてんだよ！　みっともないっ」

だがその頭のすみにはさっきのキスの感触がよみがえっていて、（思い出すな！）と思うほどに鮮明になる。

「もう紘ちゃんったら～、顔赤くしてナニ想像してんの～？　このス・ケ・べ」

図星をからかわれて焦った。

「ば、ばかっ、おまえが変なこと言うからだろっ」

「あ、胸揉《も》んでみる？　おっぱいはないけど、乳首は感じるぜ？」

「いらねェよっ！」

二人のやり取りを見ていた男たちがゲハゲハ笑い出した。

「化けの皮が剝《は》げっと、これだからよお」

「とんだ美人尼さんだぜ、ったくよォ」

「おい、尼さん、胡坐《あぐら》ってなァどうよ」

「これは座禅でおじゃりますゥ」

「嘘《うそ》言えェ！」

どっと一座が沸いた中で、おっさんの一人が紘一にハンバーガー屋の紙コップを差し出してきた。中身は焼酎で、紙コップはリサイクル使用ということらしい。バーガー屋のゴミ置き場から拾ってきた代物かと思うと口をつけかねたが、

「まあ、やれや」

とうながされて、しかたなく口に運んだ。たぶん洗ってはあるだろう。そう願いたい。

口に含んだ生《き》のままの安酒はぴりりと舌を刺し、飲み下すと食道を焼いた。

「皆さんもおにぎりいかがですか」

「おう、ありがてェ」

「あ、待った、俺の分」

英真がもう二つ確保して、にぎりめしを盛った盆はホームレスたちに渡った。

「上へ来ればおふくろが何か作ってくれるぞ」

塩にぎりのみの食事を気遣ってやった紘一に、英真は曖昧《あいまい》に笑ってみせて返事をうやむやにした。その目がちらりと祭壇のほうを見たのに気づいて、紘一も目をやった。老尼の幽霊がさっきとおなじところに背中を丸めて座っているのが視《み》えた。

「監視しとかないとまずいのか？」

そう英真にささやいてみた。

「ん？」

英真は四つ目のにぎりめしの最後の一かけを口に入れながら紘一を見やり、

「あの婆《ばあ》さんは俺の眷属《けんぞく》ってとこだ」

と肩をすくめた。

「眷属？　おまえの自由に使えるってわけか？」

「ん～、まあ相身互いって関係だけど、主導権は俺にあるから。紘一、お茶」

「あいよ」

と立ち上がりながら、思いつきを尋ねた。

「供え物とかしないでいいか？」

「誰に？」

「あー……人を雇うのとは事情が違うのか？　その、霊とのつき合い方ってのは」

「ああ見えて仏界まで行ってる婆さんだから」

英真の答えは意味がわからなかったので、

「まんじゅうあたりでいいのか？」

と聞き直した。

「あ、まんじゅうある？　食う食う」

というとんちんかんな返事に、

「おまえじゃなくって、あっちの尼さんにだよ」

と言い返した。

「婆さんは仏さんだから食わないけど、俺は食うから持ってこいよ」

「そりゃ仏さんは実際には食べないだろうが、気持ちだろ？　供物ってのは」

「供える側の自己満足だね。それよりは身の上相談でもしてやったほうがよっぽど功徳だ」

「なんだ、そりゃ」

「衆生《しゅじょう》を救いたがってる婆さんだからさ。それより、まんじゅうと茶」

「おまえ、その格好で男声の男しゃべりはやめろ。ギャップで頭が痛くなる」

「いやあん、適応力低いのね～、紘ちゃんったら」

注文どおりファルセットの女言葉で返されて、紘一は顔をしかめた。

「シナまで作るな、シナまで」

「いちいちうるさい男ねっ」

英真尼モードでベーッと舌を出されて、美女に嫌われたような気分にグッとなったが、（いやいや、こいつは英真だ）と自分を立て直した。

三階で調達した茶と、コンビニまで買いに行ったまんじゅうを持って戻った車座では、故人の思い出話に花が咲いていた。ももんじいという享年七十四歳だそうなホトケは、ホームレス狩りの少年グループを撃退したなどという武勇伝も持つ、腕も弁も立った親分肌の人物だったらしい。

「それにしても、ももんじいのやつ、最後はうまいことやりやがったなあ。ダンボールじゃねェ本物の棺おけに納まりやがってよ」

「人徳だあな、人徳。おめえじゃこうは行かねェ」

「なんだよ、俺の葬式はやってくんねェのかよ」

「区がおめえなんかのために金を出すかよ。なあ、社長？」

話を振られて、紘一は苦笑を返した。

「その節はせめてあと二万は出させてください。この金額じゃァうちは足が出る」

「わははは、区長に言っとくよ」

「言うんなら都知事だろうよ」

「あいつが俺らの話なんか聞いてくれるかよ！　あいつにとっちゃ俺らァ、都の予算をムダ食いする虫けらだァな」

「虫けら以下かもしれねェぞ」

「害虫だって虫ァ虫だあ」

「ギャハハハ、違ェねえ！」

それからしばらく、都のホームレス政策のこき下ろしに花が咲き、話が尽きたところで一人が言った。

「ところで社長、あんた阿部《あべ》ナントカって俳優に似てんなァ」

壁の時計が十一時を指そうとしているのを見て取りながら、紘一はいいかげん酔いがまわった頭をうなずかせた。

「ああ、時々言われますね。俺のほうがいい男ですけど」

「わはははは、違ェねえ違ェねえ！」

「あっちの尼さんは夏目雅子《なつめまさこ》ってとこかァ？　ほら、昔、テレビの西遊記で『三蔵《さんぞう》』演《や》ったときのよ」

英真はさっき皿盛りのまんじゅうと一緒に隣の車座に呼ばれて行き、いまはまた別の車座に移動している。隣のおっさんと何かしゃべっている横顔を眺めながら、

「そりゃ褒《ほ》めすぎでしょう」

と紘一は返したが、頭の中では（夏目雅子より玉三郎《たまさぶろう》じゃないかな）などと考えていた。こうして離れて眺めてみれば、女にしては顔の線がシャープだ。

「いやいや、黙ってりゃァめちゃんこイイ女だぜェ」

「ぎゃはははっ、ンだンだ、黙ってりゃよォ！」

何やら色っぽい風情に横座りして、隣のおっさんに肩を寄せるように体を傾けている英真の後ろ姿に、紘一はふと悔しさめいた情動を覚えた。

と、英真がこちらを振り向き、手にした紙コップを振ってみせた。

「おーい、紘一、酒がねえぞー」

ろれつと目つきからしてへべれけレベルに酔っ払っているようで、見れば膝元《ひざもと》には焼酎の空びんが二本も転がっている。

「もうカンバンだ、お開きお開き」

紘一は立ち上がり、おぼつかなくよろけた足を（いかん、酔ってるな）と踏みしめながら英真のところに行った。手を差し出してやりながら言った。

「おらァ、立て。酔っ払いは寝る時間だ、寝・る・時間～」

駄々をこねるかと思った英真は、うれしそうな顔で紘一の手をつかむとあっさりと立ち上がり、

「うん、寝よ寝よー。おっさんたち、おやすみ～」

周りに言い置いて、紘一の手を引いて歩き出した。

飲んでるくせに冷たい手だなあと紘一は思った。百八十ある紘一とあまり遜色《そんしょく》のない身長に見える英真は、階段にかかっても案外しっかりした足取りで、酒には強いようだ。

ふと思いついて、

「おまえ、名前呼びはやめろよ」

と言ってやった。

「ん？　あは、馴《な》れ馴《な》れしいってか？　へいへい、悪かったよ」

英真はそんな返事を返してきて、紘一は（そういえばこいつって、しゃべってみると意外とまともだったんだよな）と思い出した。小中学校時代の彼はとても無口で、まとまった話をしたのは一度しかなかったが……ことに暮らしぶりに関しては、彼が自分から話したことは一度もないし、聞いても返事はしなかった……あれは中三のときだったと思う。いきさつは忘れたが、校舎の屋上で自分たちの進路の話をしたことがあった。

どこの高校を受験するかというのが、誰にとっても最大の関心事になっていた時期で、たまたま屋上で顔を合わせたので、何気なく「住吉《すみよし》はどこを受けるんだ」とか聞いたのがきっかけだったと思う。フェンスに寄りかかって校庭を見下ろしながら話したのを覚えている。

あのころの英真はクラスでいちばん小柄で、茶髪のつむじを見下ろしながらしゃべった記憶がある……

英真は、「俺は高校には行かない」と言った。

紘一はびっくりして、なんでだと聞いた。クラスのほとんどは高校進学を目指していて、英真のようにグレて学校をドロップアウトしていたような連中も、それとなく教室に戻ってきていた時期だったからだ。

「卒業したら働く」

英真はそれを、視線は前に向けてきっぱりと言った。

「もしかして、高校に行く金がないとか？　奨学金だってあるんだぞ」

「もう就職が決まってる。学校の勉強は必要ない仕事だ」

英真は言って、つけくわえた。

「ここを卒業したら、俺は自立するんだ。そうできる力が俺にはある」

そして紘一を見上げて、（まさかどっかの暴力団にでも入る気か？）と思っていた彼に、

「もう泉谷《いずみや》んちにも誰にも迷惑かけないで済む」

そう言ってニコッと笑った。きれいで侘《わ》びしい笑みだった。

……そんな思い出をたどっていた紘一に、英真が言った。

「じゃあ、泉谷って呼ぶか？　それとも『社長』って呼んでやろうか？」

「あー……千島たちは『社長』って言うな」

「じゃァ俺もそうしよう」

うつむいた英真の表情は見えなかったが、あの侘びしい笑みを浮かべているように思えて、ちくりと気がとがめた。

階段が狭いので何度も肩がぶつかった。しゃんとしていそうで、足元はかなりふらついているようだ。危険防止のために肩を抱いてやったら、見かけによらずしっかりとした骨格を感じて（あれ）と思った。（だから女じゃないんだって）と自分を嗤《わら》ってやった。

「明日は早いからな」

「九時だっけ？　開式は」

「その前におっさんどもをたたき起こして、斎場を掃除しなきゃよ」

「あははは。俺は八時半に起こしてくれ」

「なんだよ、手伝わない気か？」

「大湊《おおみなと》から鈍行乗り継ぎで旅してきたんだ。お疲れなんだって」

「マジかよ。じゃあ八時に起こす」

「ふふ……十年ぶりだなァ」

しみじみとうれしそうな声音に、いままでどこでどうしていたのか知りたくなった。

「恐山《おそれざん》で修行してたってのはほんとなのか？」

「ああ」

「就職するって言ってなかったか？」

「仕事もしてた」

「ああ……そうか、修行しながらイタコやってたわけか？」

「そんなとこだ」

「しかし、いったいなんでそんな仕事……ふつうは出会いもしないだろ」

「天才的才能ってやつのおかげさ」

英真はそれを苦笑いの顔で言った。

「修行が済んだから帰ってきた、って言ってたよな。東京に住むのか？」

「おまえに惚《ほ》れてるからな」

「そうかいそうかい」

冗談に笑ってやりながら、ふと、英真がしてきたキスの味を思い出した。いまの「惚れてる」も、あのキスも「お嫁さんにしてン」発言も、ぜんぶ冗談に違いないが、（こいつが女ならなあ）と紘一は酔いがまわってきた頭でしみじみ思った。

このきれいで色っぽい生き物が本物の女だったら、今夜のうちにも手に入れてしまうのに……。

（なんでおまえ、男なんだよ。男じゃ抱けないだろが……なんて、十年ぶりに会った友達相手に思うことか？　ったく、俺もたいがい終わってるぜ。見合いでもするかなァ）

そんなことを考えていたもので、肩を組んでもつれ合うように廊下を行く自分たちを、和子《かずこ》姉さんに目撃されたことには気づかなかった。

自分の部屋に着くと、まずは黒スーツの上着を脱いでハンガーにかけた。濡《ぬ》れたのを脱いだままにしていったスーツは、母親が始末をしてくれたのだろう、上着はハンガーに着せて壁のフックに、ズボンはプレッサーにかけてあった。仕事着なのでおなじのを三着持っているが、めったに新調などできないから大切に着なければならないのだ。

英真もさっさと僧衣を脱いでいる。白の襦袢《じゅばん》だけになった姿から、紘一は目を逸《そ》らした。たとえ洋服より色気を感じる着物姿でも、男を艶《つや》めかしいなどと思ってどうする。

「寝間着は持ってるのか?」

「なんかあるか?」

「俺のじゃズボンが長そうだが」

「おまえ、身長幾つ?」

「百八十一」

「くっそ〜、俺は七十二までしか育たなかった」

「んな言い方すると水島《みずしま》にフクレられるぞ、あいつは六十そこそこだ。会ったろ?」

「ああ。郁《いく》は相変わらずチビだった」

「顔も変わってないだろ?」

「びっくりしたさ。よく会ってるのか?」

「しょっちゅうだ。家継いで花屋やってるんで、うちの花関係は全部あいつに頼んでるから」

そんなことをしゃべりながら、タンスから洗い立てのパジャマを出して渡してやったところが、

「きゃ〜ん、紘ちゃんのパジャマだー、紘ちゃんの匂いがする〜」

と女声でふざけられて、(やめろ)と睨《にら》んだ。

「んなわけないだろ、洗ってあるやつだ」

遠慮なしにパパッと脱いでくれた襦袢の下は、白ブリーフだけだった。腕も脚もほっそりとした細い体軀《たいく》の、色白な素肌にパジャマを着込むと、英真は慣れたしぐさで後ろ襟に入った髪を腕ですくい出して背に垂らし、

「ええと、寝袋寝袋」

と、誰かが運んでおいてくれたスタジアムバッグをあけようとした。

「ベッドで寝ろよ」

紘一は言ってやった。

「え、いいのか!?」

と目を輝かされて、一瞬(いいのか!?)とうろたえたが、(男同士だぞ!)と自分を叱《しか》った。

たとえ彼氏のパジャマを着込んだ美女に見えても、透けそうな肌色の薄い胸にはぽちりと小

さい乳首しかなかったのを、この目でしかと見たではないか。

「セミダブルでも男二人じゃ狭いだろうが、布団《ふとん》を運んでくるのは面倒だ」

というのは強がりだと自覚つつ、あの物置から客布団を引っぱり出すのは（実際、面倒くさい大仕事なんだから）と自分に言いわけした。なにせ姉たちが次々と浪費の産物を押し込むので、布団が入れてある押入れまでたどり着くのさえ一苦労なのだ。

「うふふっ、いいのかァ？　襲うかもよォ？」

「ばーか」

というやり取りで英真をベッドに入れた。

「おまえは？　まだ寝ないのか？」

布団にもぐりこんで紘一愛用のテンピュール枕に頭を落ち着け、ホッとくつろいだようすの幸せそうな目つきで見上げてきた英真に、少々どぎまぎしながらうなずいてみせた。

「もういっぺん下のようすを見てくる。酔っ払いどもに焚《た》き火でもされちゃたまらないからな」

「だいじょうぶさ。あの爺《じい》さんが監督してるから」

とろりと目を細めて眠たそうな声で答えた英真に、

「どのおっさんだ？」

と聞き返した。リーダーがいるなら、頼んでおけばいい。

「あー……ももんじい、だっけ？　さっきは婆さんと話し込んでたが。なんかあったら婆さんが知らせてくるさ」

との弁に、「……そうか」と答えた。

人間には一人一人に魂があり、肉体が事切れれば霊魂は解き放たれる。ももんじい爺さん（の霊）が、自分の棺おけの枕辺で老尼とおしゃべりしていたとしても、いまさら驚く話ではない。

「ンじゃ、俺も寝るかな」

「ああ、寝ろ寝ろ」

葬式が入った日はいつもだが、今日も朝からバタバタと忙しかった。

区役所から連絡をもらって請け負うと返事をするなり、火葬場の使用許可証を受け取りがてら値段交渉ほかの打ち合わせに出向き、病院の安置所から遺体を引き取る算段をし（これは母親がやってくれた）、遺体の身長を聞いて製棺屋に連絡し（これと値段の交渉は斉藤の仕事だ）、取り寄せた棺おけを積んだ寝台車で迎えに行き、遺体を棺に収めて、病院の患者に見られないよう専用の裏口から運び出して車に積み、斎場までお連れして……（このあたりの作業は千島と二人でやった。神学校というといかにも堅そうだが、内実はサボろうと思えばサボれる大学の大教室授業並みのラフさらしい。「いつでもＯＫ」だそうなので、手が欲しいときは遠慮なく電話をかけ、千島はいつも「すぐ行く」という返事で駆けつけてきてくれる）

その一方で、斎場作りの仕事もある。仏式や神式、あるいは宗派や費用によって、毎回しつらえが変わる祭壇を準備するのは男たちの仕事で、それも置き台や伽藍《がらん》飾りなどの道具いっさいは階段を使って二階から上げ下ろしする。

斎葬祭の男手は、バイトの千島も入れて三人しかいなくて、しかも経理屋の斉藤は藤子《ふじこ》たちよりも非力ときている。結局ほとんどの運搬作業は紘一と千島でやるほかはなく、仕上げの本尊を据《す》えるころには腰はぎしぎし、体はへとへとだ。

運んだ道具の組み立てや飾りつけは和子ら女たちの仕事だが、「あれを動かせ」「それを載せろ」と力仕事は回してくる。姉にとって弟というのは、いとこき使いやすい相手らしく、母親よりも容赦がない。

祭壇の組み立てが済んだところで、花屋が入る。郁が店主の水島生花店が一家総出で出向いてきて、祭壇を花で埋め尽くすような豪華版の場合でも一時間とはかけずに仕上げてくれる。見かけは中学生のような水島だが、花屋としての腕はいいのだ。

ちなみに時間系列でいうと、請負いを決めたら諸手続きを済ませ、祭壇作り、それからご遺体迎えという手順になるが、ときには遺体を先に預かってから祭壇を作るという逆順になることもある。今回もじつはそのケースで、ホトケには落ち着かない思いをさせただろう。

紘一がパジャマに着替えてベッドにもぐりこんだとき、英真はもう寝入っていたが、寒かったのか何か寝言をつぶやきながら体を寄せてきた。今夜の英真は、焼酎の酒臭さに混じって女物の化粧品のいい匂いがしている。紘一は昔を思い出してちょっと笑った。

枕は英真に取られているので、代用品の二つ折り座布団に頭を落ち着け、目を閉じた。ああ酔ってるなと感じながら、眠りに落ちようとした矢先だった。

英真がもぞもぞと腕を動かし、寝返りでもするのかと思ったら、するりと抱きついてきた。

「なんだよ、寒いか？」

たしかにいままで暖房は入っていたにしては、冷え込みがきつい。豆電球だけの暗い中で、吐く息が白く見えるのだ。

止めたエアコンをもう一度点《つ》け直しに行こうとして、紘一はパチパチと目をしばたたいた。起き上がらせようとした体が動かないのだ。

「なんだ、金縛りか？」

と言った口は思いどおりに動き、声も出た。腕や足先も動かせた。だが体は動かない。まるで誰かがずっしり上に乗っかっているようなぐあいだ。しかし目を凝らしても掛け布団しか見えない。英真は紘一の横ですうすう寝息を立てている。

「あー……くそっ」

紘一はしぶしぶ霊眼をみひらいた。

いた。自分の上に覆いかぶさるようにして、霊がいる。それも布団を掛けて横たわっている紘一の上に、うつぶせに寝そべる恰好で折り重なっている。

「おい〜、ふざけてないでどいてくれ。俺は明日も六時起きで仕事なんだ」

言ってやりつつ、念で追い払う下準備に大きく息を吸い込んだ。吸い込んだ息を下腹に押し込み、ムンッと念を放とうとした瞬間、覆いかぶさっている霊がすっと頭を上げた。顔が見えた。長い黒髪に縁どられた、その顔は！

腹にためた息は驚きの叫びになって飛び出した。

「英真!?」

いや待て、英真ならここにいる。

だが紘一の上に覆いかぶさって、可笑《おか》しいのかうれしいのかニコニコ笑いながらこちらを見ている顔も、たしかに英真のそれだ。あたりが暗くても霊視には関係がなく、顔ははっきりと見て取れる。

「もしかして……生霊?」

〈ピンポーン〉と言ったような感じで生霊（?）は口を動かしたが、あいにく紘一には霊の声を聞き取る能力はない。

「わざわざ化けて出なくても、話があるんなら明日聞いてやるから。さっさとそこをどいて、俺を寝かしてくれ」

生霊（?）には紘一の声が聞こえるようで、冷たいなあと言いたげな悲しそうな顔になったが、すぐににっこりと笑顔に戻った。かと思うと、紘一の顔のほうへと這《は》い上がってきて、真上から見下ろしてきた。

「な、なんだよ」

と睨んでやった紘一に、（くふっ？）というふうに肩をすくめて、顔を近づけてきた。キスをする気らしい。

「やめろ」

紘一は言った。

「その顔で迫られると、女に口説かれてるようで変な気になる」

間近で笑った唇は（なれよ）と言ったようだった。

「ばーか、俺にはホモっ気はないんだよ」

と言ってやったが、いまいち根拠が薄弱な気がしたので言い直した。

「だいいち会社の看板しょった長男だぞ、男を嫁にできるか」

だが生霊はおかまいなしに顔をかぶせてきて、（感触はしなかったが）舌を入れられたのがわかった。

「よせっ！」

とっさに相手を弾き飛ばした力は、一瞬でＭａｘにまで噴き上がった嫌悪感が主成分だった。

いくら英真の生霊でも、幽霊と紙一重の霊体とキスするなど怖気《おぞけ》が立つ！

自由になった体を跳ね起こすと、紘一は英真の肩をつかんだ。

「起きろ！」

と揺さぶった。眠っている体から抜け出した魂を体に戻すには、英真自身をたたき起こせばいいと思ったのだ。

英真はぱちりと目をあけ、「あ……」と瞳を輝かせた。

「やったわ、うれしいっ」

と……女の声で言った。英真のファルセットではない、まったく聞き覚えのない声でだ。

その瞬間、紘一は自分の失敗を悟った。なんでこうなったのか、からくりまではわからないが、英真の体に女の霊が入ってしまったのだ。

「おい、あんた、出てけよ」

とりあえずそう言ってみた。

「うふん」

と女（が憑《つ》いた英真）は笑って、

「い・や」

と言ってくれつつ体を起こした。パジャマのボタンに手を掛けながら、紘一にしなだれかかってきて、するりとパジャマを脱いだ。と思うや、裸の白い上体をくねらせ、紘一の股間《こかん》に顔を突っ込むようにしてむしゃぶりついてきた。むんずとズボンの中に手を突っ込んできたと思うと、就寝中のペニスをつかみ出し、はぐりとくわえ込んだ！

「うわっ」

と腰が跳ねたのは、驚きよりも唐突な快感のせいだった。女の舌はくわえたペニスをれろれろとやわらかく舐《な》め回すように動き、その巧みさはたちまち勃起《ぼっき》を引き起こした。

「あはん、勃《た》ってきたあ」

うれしそうに言って、女はテクを変えた。口をすぼめて唇と舌とでリズミカルに半勃ちをこすり、あっという間に本勃ちにまで怒張させてしまった。そのあまりの早業に、紘一はなすすべもなく好き放題にされてしまい……女はいつの間にかパジャマのズボンも脱ぎ捨て、いまやオールスタンバイＯＫの全裸だ。

「うふふふ、おっきい～、うれしい～」

中身はどこの誰だか知らないが、淫蕩《いんとう》な表情でぺろりと唇を舐めて、やおら紘一の腹の上にまたがってきた体は、英真のものだった。

「よせっ、他人の体で勝手なことをするな！」

紘一は女を突き飛ばそうとした。だが手が届く前に反撃が来た。ぐにっとタマを握られてしまって、アヘッと力が抜けた。

「意地悪しないで。あんたにもイイ思いさせてあげるんだからあ」

もうエクスタシーにさしかかっているようすで喘《あえ》ぎながら舌足らずに言って、女は腰を持ち上げ、怒張を呑《の》み込もうとした。

だが……英真の体には、彼女が生前持っていた女の部分はない。そこへ呑むつもりであてがった亀頭はぬるっとすべって、男女に共通した体孔《たいこう》につぷっと嵌《は》まった。

そのとたん、

「きゃあっ！」

と悲鳴を上げた女は、驚愕《きょうがく》と恐怖に大きく目をみひらいて紘一の上から転がり逃げた。

「い、いやよ、バックはダメよ、この変態！」

「どっちがだ！」

やり返して、紘一は女（＝体は英真だが）の腰を捕まえた。

「あんたがいま入ってんのは、男の体なんだ。入れたきゃ、ここしか穴はねェんだよっ」

言ってやりつつ、尻の狭間《はざま》を探って見つけたすぼみにぐっと指を突っ込んだ。淫乱《いんらん》女を追い出すには、女が嫌がる弱点を攻めるしかないだろう。（許せ、英真）と心の中で詫《わ》びながら、わざと乱暴にぐりぐりかき回した。

「ぎゃああっ！」

女は悲鳴をほとばしらせて体をのけぞらせたが、まだ出て行かない。

そこへドアを乱打する音と一緒に、母親の声が怒鳴ってきた。

「ちょっと紘一、何事!?」

さらに斉藤の声も。

「おい社長、何が起きてる⁉」

そこまではまともだったが、

「夜中にうるさいぞ！」

とは斉藤らしいはずし方だ。

「憑依《ひょうい》事件だよ！」

と口早に怒鳴り返した。

「英真に淫乱女の霊が憑いた！　しばらく耳を塞《ふさ》いでてくれ、母さん！」

「お母さん⁉」

と女が反応した。

「助けて、お母さん！」

そう必死の声音で叫んだが、英真の体からたたき出すまでは悪役に徹するしかない。母よ、どうか耳を塞いでいてくれと願いつつ、芝居を続けた。

「へえっ、ケツ掘られんのがイイのかい！　変態女めっ！　もっと奥まで突っ込めって⁉」

「いやいやいや！　やめて～っ痛い痛い痛い！」

必死に這って逃げようとする女は火事場の馬鹿力を発揮していて、裸の体というのはつかみにくい。しかたなく髪をわしづかみにして押さえ込んだ。はたから見れば悪鬼《あっき》のような強姦魔《ごうかんま》の図だろう。

「まだ指二本だぜ！　あんたがしゃぶってデカくした俺の太いのを、ここにずっぽりくわえ込みたいんだろ⁉」

「いやよ、バックはいやっ！　やめて、死んじゃうっ、お母さん助けてェ〜ッ！」

「だったらいますぐこの体から出て行け‼」

ここを先途と紘一は怒鳴った。

「出ろ、出ろ！　出て行け‼　じゃねェと、いますぐこいつを根元までぶち込んで、ケツの穴がずたずたになるまで犯すぞ‼　おらおらァ！」

自分のセリフを〈まるでチンピラやくざ並みの下品さだぜ〉と自嘲《じちょう》した胸の奥で、〈この程度じゃ彼女は去らない〉という思いがした。だが、これ以上やるとなると……挿入《い》れるしかないが。

〈そうだ、挿入れろ〉と思う半面で、〈それじゃ英真を犯《や》っちまうことになる〉という強いためらいが紘一を引き止め、〈迷うな！〉と心の声が命じた。

その声に（ん？）と気づいた。いまのは自分の声ではない？

（……英真か？　生霊？）

胸の内でつぶやいてみた。

〈そうだ〉

と返ってきた！

〈僕が許す。犯れ〉

（わかった）

と即答した決断力は、酔いのせいだったのか、女にいたずらされたせいでの物理的な窮状にそそのかされてのことだったか……あるいは、身悶《みもだ》える英真の白い背中に我知らず欲情してしまっていたのかもしれないが……

紘一は指を抜き、納まる鞘《さや》を欲してズキンズキンと充血痛を訴えている怒張をあてがった。

「ひぃっ」

と女が振り向いた。英真の美貌《びぼう》を醜くゆがませている、英真らしくない恐怖の表情。

それを見たとたん、腹の底からカッと怒りが噴き上がった。

「あんたのせいだぞ！　あんたが取り憑いたりしやがるから。さあ、英真を返してもらおう！」

残虐な報復を求める怒気のままに、ぐいと亀頭を突き入れた。英真のそこは思いのほか柔軟に紘一を受け入れたが、ミリッと音がしたのは切れたのか⁉

「いっ、いや〜〜〜っ‼」

借り物の英真の喉《のど》を張り裂かんばかりに女はわめき、次の瞬間、捕まえている体がずしっと重くなった。とっさに常視から霊眼に切り替えた紘一の目に、下半身が血まみれの女が英真の体から飛び出すのが視え、瞬時に交代した英真の生霊が、砂地に水がしみこむようにすうっと体と一体化したのが視えた。

「ふうっ」

緊張を解いてほっと肩を落とすと、紘一は英真の髪をつかんでいた手を放した。瘦身《そうしん》はくたりと頭を落としたが、尻には半ばまで入ってしまった紘一のソレが嵌まっているせいで、膝を立ててつんのめる恰好になった。

女のアソコより狭くて熱くて何倍も心地いい気がするソコで、張り詰めた痛みをこすって解放してしまいたいのは山々だったが、英真が英真に戻った以上そんな鬼畜な真似はできない。そろりと抜き取ると、裸身はくったりと布団に横たわった。

部屋の中を視まわし、あの女は消えているのを確認してから、英真に声をかけた。確認のためにしっかり霊眼を凝らしてしまったせいで、はっきり顔つきまで見て取れる連中や薄い影のような姿が、満員電車ほどの密度であたりに充満しているのが視えてしまったが、もちろん無視だ。

「おい、英真、聞こえるか？　意識があるか？」

うつぶせに横たわったままの英真が、「ウ……」とかすかに呻《うめ》いたのは返事らしい。

「すまん、むちゃをした」

まずはそう謝り、掛け布団を引き寄せて裸の体を包んでやりながら聞いてみた。

「切れたようだったな、いま手当てを」

「いや……」

答えてゲホッと噎《む》せた英真は、女の馬鹿わめきで喉を痛めたようだ。

「電気をつけるぞ」

「待て」

と引き止めた英真の、布団の下から伸ばしてきた手に怒張を握られて、焦った。

「お、おい」

「しっ。僕の詫びだ。『俺』のほうの記憶には残らない。へべれけで昏睡《こんすい》中だからな」

どういう言いわけだと思ったが、股間に這い寄ってきた英真にはぐりとくわえられて、ものを考えている余裕など吹き飛んだ。巧みなフェラチオで抜いてくれたモノを、英真はごくりと飲んでしまった。

「バ、バカッ、吐けよっ」

「証拠隠滅だ。タバコあるか？　口の中がおまえ臭いのはマズい」

みょうに冷静な英真に、（こいつ男慣れしてるのか）となんとなく落胆しつつ言った。

「電気つけるぞ」

「ん」

立ち上がって蛍光灯の紐《ひも》を引っぱり、パパッと明るくなった中でまずはパジャマを見つけて穿《は》いた。まだ張りは残っているが窮状からは救われて満足そうなムスコが後ろめたい。

裸の肩を見せて横たわっている英真の枕元に、タバコとライターと灰皿をそろえてやってから、

「すまん英真、傷を見せてもらうぞ」

と布団に手を掛けたが、

「俺より、あっちを」

とドアを指さされた。たしかにあの騒ぎでは、ちゃんとした説明が必要だ。

掛けてあった鍵《かぎ》を解除してドアをあけた。立っていたのは仏頂面の斉藤で、てっきり母親の顔があるものと思い込んでいた紘一は、カッと赤面しそうに動揺した。

「お、おふくろは?」

「部屋に帰ってもらった」

縞《しま》のパジャマに寝癖防止のナイトキャップという姿の斉藤は、（あたりまえだろう）という顔で言って、じろじろと部屋の中を覗《のぞ》き込んできながら続けた。

「ほんとうにその手の事件だったんだな」

「なんだよ、女を連れ込んでの乱暴狼藉《ろうぜき》じゃないかとか疑ってたわけか?」

憤然と言ってやったが、

「片づいたんだな?」

という聞き返しで無視された。

「あ、ああ」

背後から流れてきたタバコの煙の匂いに、自分も一本やりたい気分をそそられながら、斉藤の反応を窺《うかが》った。

「肛門科《こうもん》は六丁目の山田《やまだ》クリニックが上手《うま》いそうだ、と伝えろとさ」

という、母親からの伝言らしいあまりにズバリな忠告に、思わずうろたえた。

「そっ、そこまでは」

「やってないのか？」

疑わしそうに見やってこられて、

「ああ」

と容疑を否認した。

「じゃァ、その件は住吉からも言質《げんち》を取っとけよ」

斉藤は言って、ずけずけと続けた。

「あいつに弱みを握られたら、いくら毟《むし》られるかわからないからな」

「おいおい、そりゃないだろう」

紘一は顔をしかめて抗議を唱えたが、斉藤は容赦なかった。

「おまえはどうか知らないが、俺はあいつにカツアゲされたことがあるからな。なんで舞い戻ってきたんだか、とにかく迷惑な話だ」

ドッキリしながら聞いてみた。

「カツアゲって、いつだ」

「小学校二年のときだ。消しゴムを買おうと思って持ってた小遣いを巻き上げられた」

なんだ、その程度のことかと思い、ついからかい口を言った。

「百円かそこいらか？」

斉藤は険しく目を燃やした。

「たしかに五十円ぽっちだったが、犯罪の被害者になったこっちの気持ちは金額の問題じゃない！　一生のトラウマだぞっ」

「その件は謝るが、まだ話すならこっちに入ってやってくれないか」

そう言ったのは英真で、

「そこが開けっ放しだと寒い」

と続けた。

「おまえと話すことなんかない」

斉藤はぴしゃりとやり返し、紘一に向かって英真にも聞こえる声で言いつけた。

「いいか泉谷、おまえがお人よしなのは知ってるが、ケツの毛羽まで毟られたくなかったら、あいつにほだされるなよ」

それから声を落として、

「あいつは九尾のキツネ並みにタチが悪いぞ」

そうヒソヒソと告げると、フンッと自分の部屋に戻って行った。

「やれやれ、言いたい放題言ってくれたが……ケンツクの半分は俺の自業自得か。あんまり昔の話で忘れてたぜ」

英真のつぶやきを耳にしながら、廊下に出てドアを閉めた。救急箱は台所に置いてある。救急箱を取りに行く前に、母親の部屋に寄った。頭にはヘアカーラーを満載した楽屋仕様の母親は、もう布団に入っていたが、眠るどころではなかったのだろう。紘一を見ると起き上がってきたので、

「片づいたから」

と報告した。

「そう」

という返事のよそよそしさに、言いわけの必要を感じた。

「英真は俺より重症な霊媒体質らしいんだ。ふつうは自分で除霊できるんだそうだけど、今日はたまたまああいうことになっちまって。明日、謝りに来させるから。迷惑かけました」

そして最敬礼に頭を下げて見せたが、母親の腹はまだ収まらないらしい。

「あんたが謝ることじゃないでしょ」

と返ってきた。

「そういう体質なのは英真くんのせいじゃないでしょうから、謝ってもらう必要はないけど、二度とあんな騒ぎはごめんだからね。ご近所に聞こえたらどうなるか、あんたにもわかるでしょ」

つまりさっさと出て行ってもらえというわけだ。

「わかってるよ」

と答えた。

「英真だって、うちに居候しようなんて」

ところがだった。

「あんた中学のとき、あの子をうちで引き取ってくれってお父さんに頼んだことがあるの、覚えてない?」

「え?」

「あんたは忘れてても、英真くんは覚えてるんじゃないかしら」

母親は言って、つけくわえた。

「あのころは母さんだって、成人まで預かってあげてもいいかもしれないとも思ったけど、いまはもう英真くんも大人なんだしね。いい歳をして、昔の友達のところへいきなり転がり込んでくるなんていうのは、考えがちゃんとしてない証拠だと母さんは思うわ。英真くんのためにも、甘い顔は見せるべきじゃないと思うの」

「ずいぶんだなァ」

紘一の遠まわしな抗議に、母親は、

「あんたは人がよすぎるうえに、お節介焼きだから」

という心配を言ってきた。

「お金がないっていうなら二、三日泊めてあげるぐらいはしかたないけど、それ以上は巻き込まれないようになさい。こう言っちゃなんだけど、いまの英真くんがどういう人間なのか……中学校のころのあの子はひどかったしね。つき合うなら、よく考えてつき合いなさいね」

「……わかった」

「お父さんは女にだらしない人だったうえに、息子のあんたは男と変なことになったりするなら、母さん踏んだり蹴《け》ったりだわ」

さてはぜんぶ聞かれてたかと赤面してしまいながら、

「俺にはホモっ気はないよ」

と断言したが、

「英真くんのほうはわからないでしょ？　あんたにキスしたっていうし」

「あれは冗談だよ！」

藤子情報だなと思いながら、紘一は言いわけにかかった。

「俺が、あいつだってことにぜんぜん気がつかなくて、てっきり女だと思い込んでたもんで、からかいやがったんだよ。藤子姉《ねえ》ちゃんだって大笑いしてたくせにさ」

どうかしらね、という顔をしてみせて母親は言った。

「とにかく、母さんはそういう考えだから。おやすみ」

「あ、ああ、おやすみ」

台所に救急箱を取りに行きながら、

「俺と英真が……？　ははっ、ないない」

と独り笑いし、（さっきのあれは、ただの処理だよな）と自分に確かめた。

そう……英真にフェラされてイッたのは事実だが、あれでゲイセックスに目覚めたなどということはない。あのキスだって、……正直に言えばどぎまぎするのと同時に感じてしまいもしたが、あれは相手が美女だと思っていたからだ。

英真は昔なじみの友達という以上のやつではなく、昔のよしみで泊めてやるぐらいはかまわないが、生活の面倒まで見てやろうなどとは思っていない。

台所から救急箱を取って戻った部屋では、英真は眠り込んでいた。酒臭い息をついている顔の横に置いた灰皿の中で、消しそこないのいがらっぽい煙を上げていたタバコを揉み消して、そっと布団をはぐった。

「う〜ん……」

と紘一がためらったのは、敬意を持って物体として扱えばいい遺体とは違って、おたがい羞恥心《しゅうち》が働く生きている相手の、それも男友達のそうした部分など、できれば見たくなかったからだが……怪我《けが》をさせてしまっているなら、手当てしてやるのは紘一の責任というものだろう。

パジャマは自分で着込んでいた英真が、うつぶせに眠っているのを幸いに、こっそりズボンとブリーフをめくって、かつてのカノジョたちのすら目にしたことはないソコのようすを見てみたが、とりあえず出血はしていないようだ。念のために傷薬を塗りつけてやったが、英真はピクリともしなかった。

「よしよし」

と、起こさない程度に白い尻をぺちぺち叩いてやったのは、自分の強姦魔芝居を思い出してしまっての照れ隠しである。英真が自分で言っていたように、朝にはすっかり忘れてしまってくれていると助かるのだが。

救急箱を片づけて、「やれやれ……」と英真の隣にもぐり込み、「やれやれ……」と目をつぶった。

何がやれやれなのかは自分でもよくわからないが、とにかくそうつぶやきたい気分だった。

六時ちょうどに、目覚まし時計に起こされた。無意識にスイッチを止めて寝なおしてしまって寝坊というミスを防ぐために、時計はベッドから出ないと手が届かないタンスの上においてある。ギリリリとやかましく鳴り立てる目覚ましを、紘一は大急ぎで黙らせに行った。

ベッドには英真もいたからだ。

もっとも紘一があわててベッドを飛び出しても、英真は気づきもしないようすで爆睡していたのだが。

「ええと、八時でいいかな。いや、七時半にしとけ」

英真を起こす時間に目覚ましをセットし直すと、紘一はぼりぼりと頭を掻《か》きながら部屋を出た。日の出前の暗い廊下を、スリッパを引きずって向かったのは、台所の隣の風呂場だ。

通り過ぎた台所はしんと暗かった。ふだんは早い母親がまだ起き出していないのは、昨夜の騒動のせいだろう。

一坪ほどの広さがある脱衣所兼洗面所に入って電気をつけると、まずは風呂場にシャワーを出しに行った。湯沸かし器が働いてシャワーが湯になるのを待つあいだに、パジャマを脱ぐ。

ザーザーとタイルの床に降り注ぐ豪雨が、適温になっているのを確かめてから踏み込んだ。

前の晩に風呂に入っていても、仕事がある朝には、紘一は必ずシャワーを浴びる。身だしなみというより、死者や遺族と向き合う心得として身を清めるための、禊《みそぎ》のつもりである。だから夏には冷水シャワーを浴びるが、真冬に荒行のようなまねをするほどの覚悟ではない。

昨夜は風呂に入りそこなったので、せっけんで体を洗い……股間に触れたら昨夜のフェラの快感を思い出してしまったので、（馬鹿野郎）と追い払った……髪も洗って上がった。洗面所で歯磨きと髭剃《ひげそ》りを済ませ、ドライヤーを使っていたところへ、ノックの音がした。

「いいよ、どうぞ。もう終わる」

母親が入ってきて、「おはよう」と化粧台の前に行き、ヘアカーラーをはずし始めた。

「夜中に起こされたもんだから寝坊しちゃったわ。ごはんは炊けてるけど」

「さきに下の片づけをやってくるから」

「みなさん泊まってるのよね」

「だろうな」

「炊き出しする？」

「あー、どうしようか」

「おにぎりとお味噌汁《みそしる》でいいわよね」

「上等だろ」

「八時ぐらいには出せると思うわ」

「ん」

部屋に戻って、洗濯済みのワイシャツと昨日のスーツを着込み、黒ネクタイも締めて一階に下りた。斉藤には早朝片づけの件は言い損なったから、八時にしか出勤してこない。そのころには掃除も済んでしまっているだろう。

冷え込みに肩をすくめながら玄関ロビーの暖房スイッチを入れて、外の天気を確認した。雨なら焼き場まで行く会葬者たちの傘を用意しないといけないが、さいわい今日は晴れるようだ。

取って返して斎場のドアをあけると、むっとするような酒臭さが混じった生暖かい人いきれが流れ出してきた。電気は煌々《こうこう》と点けたままの斎場ホールには、ごろ寝のおっさんたちと、酒《さか》瓶《びん》やつまみの袋などのゴミが一緒くたに散乱している。

「おはようございます！」

と大声であいさつして踏み込んだ。

まずは祭壇のところに行って、だいぶ短くなっているろうそくで新しい線香に火をつけ、いまにも燃え尽きようとしていた線香の隣に立てた。香炉の周りにやたら線香の灰が落ちているのは、通夜客たちが手向《たむ》けたものだろう。ろうそくは、あと一時間ぐらいはもちそうだ。

上着のポケットに常備している数珠《じゅず》を手にかけて、故人に向かって合掌、礼拝。

それから祭壇や飾り花にチェックの目を走らせ、カーネーションが一本首を垂れているのを見つけて抜き取った。ほかは……ＯＫ。

「さあて、片づけと掃除だ」

が……その前に泊まり客たちに起きてもらわなくてはならない。

紘一は数珠をポケットにしまい、作業を開始した。

「おはようございます。清掃をいたしますので、ご起床ください。おはようございます、起きてください、葬儀会場の準備をいたします」

一人一人に声をかけ、肩を揺さぶって起こして歩いたが、反応は鈍かった。みんな酔いつぶれた状態でいるのだ。しかしだからといって、いつまでも寝くたれていてもらうわけには行かない。とりあえずゴミ集めから始めながら、くり返し声をかけ続けた。

「はいはい、起きてください、朝ですよー。はーい起きた起きた、朝ですよー。九時からご葬儀ですから、ご協力くださーい」

一人二人と目を覚ましたおっさんたちが、まだ寝ている連中を起こしにまわってくれて、どうやら全員が起き上がった。

「洗面にはトイレの手洗い場をご利用ください。八時ごろ炊き出しが来ますので、それまでロビーでお待ちください。ここは清掃と会場作りをいたしますので」

「おらー、出ろ出ろ、みんな出るぞー」

ヨシちゃんとかいうおっさんが、仲間たちに声をかけてロビーに移動させてくれ、さらに掃除も手伝いに来てくれた。

「迷惑かけちまってすまねェなあ。おかげで俺っちはいい通夜ができたよ」

「それはなによりでした。あ、瓶缶とペットボトルはべつべつの袋です。缶はこっちに」

「あいよ」

寝具に使ったらしい新聞紙が多かった焼却ゴミは、大型のビニール袋三つ分もあった。ひとまず廊下に運び出しておいて、じゅうたん敷きのフロアの掃除機かけ。

端から端まで掃除機をかけるあいだに、昨日はなかったタバコの焼け焦げを二箇所も見つけて、（くそっ）と思いながら応急処置をやった。黒く焦げた繊維を一本残らず毟り取って、へこんだ部分を指でなでつけ、ちょっと見にはわからないようにごまかす。

床の掃除を済ませると、次は椅子並べだ。縦横きちっと並ぶよう、決まった置き位置に整然と椅子をセットしていくのは慣れた作業だが、今朝は椅子の重さが腰にこたえた。広いフロアの掃除機かけは腰に来るのだ。

ふと玄関ロビーがにぎやかになったと思うと、味噌汁のいい匂いを嗅《か》ぎ取って、紘一は振り返った。玄関ロビーで炊き出しが始まっていた。

「もう八時か？」

時計を見やれば、十分前だ。

「英真、起きたかな」

御導師様の支度ができていないと、葬儀を始められない。予定の時間どおりに進めないと、焼き場の予約に遅れてトラブることになる。

残り十個ほどの椅子並べを大急ぎで済ませて、焼香台の拭《ふ》き掃除などの仕上げは姉たちに任せることにした。

階段の途中で、にぎりめしを満載した盆を運んできた和子姉さんに出会ったので、用件を告げてあとを頼んだ。

　三階まで駆け上がると、まずは台所を覗いた。

「母さん、英真は起きたかな」

「さっき目覚ましは鳴ってたけど」

　という返事に、自分の部屋へと急いだ。

　ノックして「英真、入るぞ」と声をかけてドアをあけた。

　英真は起きてはいたが、まだ目が覚めないらしい。ぼんやりした顔でベッドに腰掛けていたが、紘一を見ると「おはよう」とはんなり笑った。

　昨夜の記憶があるのかないのか、大いに気にはなったが、もしも英真が覚えていないなら、尋ねてしまえばやぶへびになる。とりあえずなかったことにして忘れておく手だと決めた。

「八時だぞ。シャワーでも浴びて目を覚ませ」

「ああ」

「場所はわかるな?」

「トイレどこだっけ」

「こっちだ」

　念のために風呂場を教え、ついでにシェーバーやヘアブラシのありかを教えてやった。

「ブラシはこれが俺のだから」

「はは、ちゃんと名前が書いてある」

「姉貴たちがやかましいんだよ。客用がなくてすまんな。歯ブラシは新品がこのへんに……あ
あ、あった。黄色と青とどっちがいい?」

英真は黄色を選んだ。

「あとは……タオルとバスタオルはここだから、適当に使ってくれ。洗濯物はそのかごな」

それからトイレに案内してやり、紘一は台所に戻った。

「あんた、ごはんは?」

「うん、食べる」

手早くよそった味噌汁を渡してくれながら、母親が聞いてきた。

「下は片づいた?」

「うん。藤姉は?　英真のメイクやってもらわないと」

「あの子、女装が好きみたいね」

母親は批判的な口調でそれを言い、紘一は、

「あの頭じゃ、坊さんの格好しても似合わないだろ」

とかばっておいた。今回の葬式が予定どおりにやれるのは、一にも二にも英真尼のおかげな
のだから。僧衣は男女共通だから、むろん僧形に作ってもかまわないのだが、現代流の有髪の
僧はいても長髪とまでなると、客には違和感が強いだろう。

風呂場のドアが閉まる音が聞こえたので、食べかけた朝食を中断して風呂場に行った。

ドアをノックして「英真！」と呼んで言ってやった。

「急げよ、メシ食う時間がなくなるぞ」

「う〜い」

という返事を聞き取って食事に戻った。

「母さん、悪いけど英真にもメシ頼むな」

と言ったら、

「あたりまえでしょ」

と睨みつけられた。


味噌汁《みそしる》とごはん二杯を五分で片づけると、紘一《こういち》は二階の事務所に向かった。

階段に近い部屋は倉庫に使い、事務所には廊下のいちばん奥の小部屋をあてているのは、倉庫の物品を出し入れする際の利便性を優先したからだ。

部屋の主は、私物を持ち込んでいるパソコン相手に仕事を始めていた。

「おはよう！」

と元気よく声をかけた紘一に、

「へ〜い、おはようさん」

と上の空な返事をした斉藤《さいとう》は、インターネットの株情報を見ているらしい。趣味のネットトレーダーなのだが、ひそかにけっこう稼いでいるという噂《うわさ》もある。

「火葬許可証は？」

「霊柩車《れいきゅうしゃ》のダッシュボードに入れといた」

「遺骨は区役所から取りに来るんだったな」

「二、三日中にね。あ、社長、棺おけ代の領収書、持ってるか？」

「千島《ちしま》だろ、あいつが受け取りに行ったから」

「もう来てるかな」

「だろ。届けるように言っとく」

「いいよ、あいつはアテにならない」

カチャカチャとキイボードを操作してぽんと仕上げのキイをたたくと、斉藤は事務机の玉座から立ち上がった。

どこの会社でもふつうは『社長』がトップであり、責任も重いがしかるべき権限も持っているものだが、『斎葬祭《いつきそうさい》』では、社長も経理係も（ひいては雑用係も）肩書きはチーム内のただのあだ名に近いといったような雰囲気でやっている。それぞれの肩書きが各々の役割を象徴してはいるのだが、経理に関しては『社長』の権限はほとんどなく、人事についても社長の一存というわけには行かないといったふうに、水平型のチーム構造になっているのだ。

そうなった要因としては、三人が幼馴染《おさなな じ》みの同級生同士という、もともと水平な関係にあったことが大きいだろうが、それぞれの性格も関わっているだろう。

『社長』の紘一は、本能的にピラミッドの頂上を目指すような野心家タイプとは対極に立つ、苦労性な自分を自覚している一方、『経理屋』の斉藤は、世間の評価など痛痒《つうよう》としないオタク的マイウェイの男であり、『雑用屋』の千島は、これまた周りの評判を気にするようなデリカシーは持ち合わせていない能天気なまでの楽天家。

こうした三人の組み合わせというのは、斎葬祭の業績アップを望むなら魔のトライアングルというべきだろうが、ほどほどに現状が維持できればＯＫという点で全員が一致しているという意味では、これ以上はない好チームと言えるだろう。

ちなみに紘一には、とりあえずメンバーたちへの不満はない。

斉藤に続いて部屋を出ようとしたところで、携帯電話が鳴り出した。チリリリンという古風な黒電話風の呼び出し音は斉藤の携帯だ。

「おい、携帯入ってるぞ！」

階段に向かっている斉藤に言ってやりながら、机の上で鳴っているらしい電話機を取りに戻った。着信のサインを光らせている最新型の携帯電話を取り上げて、条件反射的に二つ折りをひらいた。ぱっとあらわれた待ち受け画面に（ん？）と目を惹《ひ》かれたところで、電話機をひったくられた。

「か、勝手に人の電話を取るなっ！」

耳まで赤くして抗議してきた斉藤は、こんな朝っぱらから電話してくる恋人でもいるのか、焦りまくった顔だ。

「取っちゃいないだろうが」

と抗議返しを言って、部屋を出た。

廊下を行きながら（それにしても）と考えたのは、（ん？）と目を引いた待ち受け画面のこと。小さな画面にはまったデジタル映像は、自分のスナップだったからだ。

（斉藤のやつ、なんで待ち受けに俺の写真なんか使ってるんだ？　変なやつ）

そこへカツカツと忙しい靴音を立てて斉藤が追いついてきて、

「み、見たよな」

と聞いてきたのは、待ち受けの写真の件に違いない。

「いつ撮ったんだ？」

「あーその」

「妙な趣味だな」

「あは、ははは、え、営業用のアイテムだって」

「これがウチの社長です、って見せて歩いてんのか？　嘘《うそ》言え、だいたいおまえ営業なんて」

「虎《とら》ノ門《もん》ホスピスとの顔つなぎは誰が行ったよ」

「あ、おまえだったな。けどまさか、あれ見せて？」

「ま、まあ、その。看護師長にはウケたぞ」

そんなみょうちきりんな冗談が世間に通じたとは思えなかったが、さっきのぱっと見の記憶では映りのいい写真だったようなので、

「一ヶ月五千円な」

と言ってやった。斉藤の感性や思考回路は独特で、紘一はとっくの昔に（こいつの頭の中は俺にはわからん）と諦《あきら》めているが、基本的にはいいやつだし失いたくないスタッフでもあるので、そうした言い方で肖像の無断使用は容認してやったのだ。

「使用料が取れるほどの顔かよ」

とやり返されたので、

「ひげ生やすと、流行《はや》り系のイケメンだぞ？」

と言い返した。

「だったら髪型も変えなきゃな」

「床屋代はおまえが出すんなら、一枚撮らせてやってもいいぜ」

「費用対効果を考えるとボツだな」

「即答かよ」

「俺の辞書にはお世辞の類は載ってない」

「道理で虎ノ門ホスピスからはなしのつぶてだ」

「金持ちの患者しかいないせいさ」

そんな馬鹿話をしながら一階まで下りると、紘一は斎場内の司会席に向かい、斉藤は受付にいる千島のところへ行った。

英真《えいしん》のようすを見てこなかったのが気にかかるが、藤子《ふじこ》がついているのだし母親もいるから、万事きっちり取り仕切ってくれるはずだ。

炊《た》き出しでの朝食を終えた二日酔い顔のおっさんたちが、それぞれの席でくたばっているようすに苦笑しながら、開式十分前の会場内に最終チェックの視線をめぐらせていたときだった。

「うそっ！　なんだよ、この金額！」

という斉藤の叫び声が耳に飛び込んできて、ぎょっと振り返った。

「え？　いつもどおりだろ？　木棺一台三万円」

「うっそだろ〜！　疵物《きずもの》を一万で出してくれるって話になってたのに！」

斎場の入り口はまだ開け放してあり、ロビーの受付のところで声高にしゃべっている千島と斉藤の声は筒抜けに聞こえる。ザワザワッとおっさんたちが振り返り、紘一はハッとわれに返った。大急ぎでドアを閉めに向かったが、そのあいだにも二人のやり取りは続いていた。

「あっちが間違えたんだ。電話して取り替えさせれば？」

「もうご遺体を納めちまってる使用済みの棺だぞっ、返品が利くかよ！」

たどり着いたドアをひったくり閉めて、「おまえらっ」と叱声《しっせい》を放ったが、小声に抑え過ぎて聞こえなかったらしい。

「じゃあ、しょうがないじゃねェか」

と肩をすくめた千島を、

「なにがしょうがないだ!! 差額の二万はうちの持ち出しだぞ!?」

と怒鳴りつけた斉藤のヒステリー声は、ドア越しに斎場の中まで響いたのではなかろうか。

「おい、おまえらっ、中まで筒抜けだぞっ、内輪話は事務所でやれ！」

叱《しか》り飛ばした紘一に、千島は（あわっ）と口を押さえたが、興奮しきっている斉藤の耳には入らなかったようだ。

「赤字だ、二万もの大赤字だ」

宙に目を据《す》えて呻《うめ》いたと思うと、斉藤はビッと千島に指を突きつけながらわめいた。

「おまえの責任だからな、責任取れよ、責任！ バイト料から天引きする！」

こんどは千島がまなじりを引き攣《つ》らせた。

「マジかよ！ 冗談じゃないっ、ただでさえ一日二千円の格安で来てやってるのによ！」

「バイト料に文句があるなら、もう来るな！ ただし損害は取り立てるぞ、二万置いて出ていけ！」

「俺にそんな金、あるわけないだろ！」

「なけりゃ、どっかで稼いで来い！　なんのためのそのガタイだ、イケメンだ！　だいたいおまえはいつだって仕事はいいかげんでっ」

「たまにミスするぐらい、人間ならあるだろがよ！」

「たまにじゃないから言ってんだろうがっ、この貧乏神野郎が！　いいや、おまえは斎葬祭に取り憑《つ》いた悪霊だ、退散しやがれっ、悪霊退散！」

ヒステリックにわめき散らす斉藤を黙らせたのは、英真だった。階段口からあらわれてすたすたとやって来ると、斉藤の後ろから「だ〜れだ」と両手で目をふさぎ、ヒッと硬直した斉藤の耳をカプリと咬《か》んだうえに、これまた女声で言った。

「痴話喧嘩《ちわげんか》は事務所ででもやんなさいね〜」

「なっ、なにするんだっ」

悲鳴を上げてすっ飛び逃げた斉藤は、勢いあまってすっ転び、しかも柔道の受身のような恰《かっ》好《こう》で一回転してしまった。

「Ｏｈ、猫のような身の軽さ」

千島がからかい、斉藤は真っ赤になって口をぱくぱくさせた。憤慨のあまり言葉が出ないのだ。

「続きは事務所でやれ」

と二人に言い渡して、紘一は腕時計を見やった。

「おいっ、四分前なのにチャイム鳴ってないぞ！」

「え？　タイマー掛けてるはずだろ⁉」

千島が斉藤を見やり、斉藤はさっと青ざめた。座り込んでいた床から飛び上がると、猛ダッシュで階段を駆け上がって行った。

「これで二万の件はチャラだな」

千島がうそぶき、「神よ、感謝します。アーメン」と澄まし顔で十字を切ったところで、リ～ンゴ～ンとチャイムが鳴り出した。元陸上部は、二階の奥の事務所まで十秒足らずで行ったらしい。いつもどおり荘厳な音色を二度聞かせてチャイムは止《や》んだ。

「英真、三分前だ」

言ってやった紘一は、英真がなにやらまぶしそうな目つきで自分を見ていたのに気づいて動揺した。英真もハッと気づいた顔で目を逸《そ》らしたので、よけいにうろたえた。

（尼さんがそんな目で男を見るなよっ）

「ふ、藤子は？」

と介添え役を探すふりで目を逃した。

「手順はわかってるから、アナウンスやりに行けよ」

英真の声は、地声でもアルトがかった甘みがあることに気づきながら、紘一は「お、おう」と背を向けた。

「黒服が似合ってるよ、社っ長」

とからかってきた英真に意味なく手を振って斎場に戻った。

時計を見れば二分前を切っていた。開式予告のアナウンスを始める時間だ。

「本日はご多忙の中、故ももんじい様のご葬儀ならびに告別式にご出席を賜《たまわ》り、まことにありがとうございます。まもなく開式でございます」

しめやかに告げて、いったんマイクを切った。時計の針が開式時刻に近づいていくのを見守りながら、英真のことを考えていた。

（男のくせに、なんであぁ色っぽいかな……）

大学時代につき合いで行った悪所探訪のおかげで、色気たっぷりにふるまうニューハーフたちのいかにも作り物めいたわざとらしさには免疫ができているが、英真がかもし出す色香には身の危険を感じる。たぶん天然のそれだからだろうが、誘われた気分になって馬鹿なことをしでかしてしまいそうな危惧《きぐ》感を覚えるのだ。

（昨夜あんなことをしちまったせいだろうか）

と思って、自分の所業を思い出し、赤面しまいと記憶を振り払ったところで、長針が12の文字を通り過ぎてしまっているのに気づいた。

あわわっとマイクのスイッチを入れ、（あわてるな！）と自分に命じつつ大きく息を吸い込んで気を落ち着けた。台本に目を向けてセリフを確認し、アナウンスを開始した。

「開式のお時刻となりました。ただいまより、故ももんじい様のご葬儀ならびに告別式を謹んで開式いたします。御導師様のご入堂でございます。ご一同様、ご低頭にてお迎えください」

スピーカーを通した声はロビーでも聞き取れ、千島が両開きの扉をあける。英真尼がしずしずと入堂してきて、自分の体に聖比丘尼《しょうびくに》の霊を降ろし、昨日に引き続く葬送の儀式が始まった。

英真の体を操っている聖比丘尼は粛々《しゅくしゅく》と儀式を進め、無事に引導渡しも済んだ。

紘一がひそかに霊視してみると、ももんじい爺《じい》さん（の霊魂）は自分の遺体が入った棺の上に正座して、神妙な顔で自分の葬式に臨んでいた。このぶんなら順調に成仏してくれるだろう。

焼香が始まると、ももんじい爺さんは香を手向《たむ》ける一人一人に何か言葉をかけながら、ていねいに頭を下げた。霊の声は聴けない紘一には、礼を言っているらしいとしかわからなかったが、今生の別れを受け入れた爺さんのおだやかな態度は、紘一の胸をほっこりと暖めた。

たいていの亡者は、葬式の時にはまだ意識がぼんやりしているようだが、ときにはこうして目覚めている場合もある。しかも死んだ自分を受け入れられず、遺族や客たちに〈助けてくれ〉〈俺はここにいる〉といったふうにすがってまわり、出棺ともなると〈俺の体をどうする気だ〉とでもわめいているような形相で狂いまわる亡者もいるのだ。そうした悲惨な姿を視《み》てしまうと、そのあと三日はメシがまずい。どうしてやりようもないからだ。

それなのについつい、故人の霊がどんな状態か知りたくなってしまうのは、悪い癖だと紘一は思っている。

焼香が終わると、出棺の準備である。千島と二人で祭壇から台車に棺おけを移し、遺体との最後の対面をしてもらうために棺おけの蓋《ふた》をあける。そのあいだに藤子と和子《かずこ》が、祭壇に飾ってあった花を参列者たちに配り、花はそれぞれの手で棺の中に入れられて、釘打《くぎうち》の儀。

釘の頭を小石で打って棺おけの蓋を釘付けに閉じる作業には、会葬者全員が参加した。それからわれもわれもと志願した十数人の手で運ばれての出棺。

釘打の儀式を済ませたところで、英真は聖比丘尼と意識を交代したらしく、よぼよぼと危ない足取りを抱き支えてやっていた体が、一瞬ギクッとこわばった。

「社長、もういいから」

とささやいてきた英真は、紘一が手を放すとホッとしたように大きく息をついた。

(昨夜のあれは俺のせいじゃないぞ)

紘一は思ったが、英真のため息がそういう意味だったかどうかはわからない。

斎場から担ぎ出された棺は、玄関前に着けてあった霊柩車の荷台に納められ、助手席に三人、荷台にも七人が無理やり詰め乗った霊柩車は、しきたりどおりにプワァ〜〜ンと長くクラクションを鳴らして出発した。火葬場での読経《ときょう》のために付き添う英真尼は、紘一が運転する社用車に乗せた。後部座席には二日酔いでよろよろのおっさんたちが三人乗り込んでいる。

紘一は運転席の窓を少し透かせ、英真も倣《なら》った。車の中に充満するおっさんたちの酒臭さで、こっちも酔っ払いそうだったからだ。霊柩車を運転している千島も、さぞ閉口しているだろう。

しずしずと動き出した霊柩車に続いて車を発進させながら、紘一は英真に聞いてみた。

「体、平気か？　その、憑けっぱなしでも」

さっきちらりと霊視したところ、まだ聖比丘尼を背中に憑けたままでいるのだ。

「ああ、ぜんぜんまったく」

英真は答えて、聞き返してきた。

「昨日は聞きそびれたけど、社長も霊障を受けた経験があるんだ？」

「ああ、ひどい目に遭った。まる一年も学校休んだんだ」

「え？　それって小二のときのこと？」

「ああ。小二の夏休み前から一年ぐらい、学校を休んでたろ？　あのときさ。

一学期が始まってすぐぐらいだったと思うが、急に幽霊が視えだしてなァ。視えるだけで済めばよかったんだが、視えてるとわかると取り憑いて来るんだよな、連中は。でもってこっちは、頭痛や発熱で七転八倒。

親父の知り合いに除霊法を教えてもらって助かったんだが」

「へえェ……ぜんぜん知らなかった」

英真はなにやら考え込む顔でうなずいた。

「そうか？　学校じゃ『お化けつき』って気味悪がられてたぞ、俺は」

「あれは泉谷《いずみや》が『お葬式屋さんちの子』だったからだろ。誰もそういう真相までは知らなかったと思うぜ」

「ところで、おまえは？　さっき『社長も』って言ったよな。おまえも経験があるんだ？」

「子どものころな」

　英真は言って、苦笑混じりに続けた。

「俺のはおもに霊言《れいごん》と霊動《れいどう》だったから、親父は俺をキツネ憑きだと思い込んでた。口から勝手に予言が出てきたり、体が勝手に動いたりするんでね」

「へえ？　学校でもあったか？」

　そんな英真を見た記憶はないのだが。

「いんや。なんでか学校では出なかったな」

「道理でな」

　とうなずいた。

「俺はぜんぜん知らなかったもんな。じゃあ頭痛とかの霊障もひどかったんじゃないのか？」

「体の調子が悪くなるのは、親父のほうだったんだよな。あの人も霊媒体質だし、俺より魂の力が弱かったみたいでさ」

　英真が親父さんを敬称っぽく『あの人』と呼んだことに軽い驚きを覚えながら返した。

「それが原因か？　おまえが親父さんに虐待されてたのって」

「ははっ、虐待かァ……」

英真は（まいったね）という感じで頭に手をやり、窓の外の町並みに目をやりながら話し出した。

「たしかに外からはそう見えただろうな。あの人が俺を殴ったのは、俺に憑いたキツネを祓《はら》おうとしたんだし、自分はしょっちゅう霊障でウンウン言って寝込んでて、ガキの面倒まで見るどころじゃなかった、っていうのが真相なんだけどな。

それでも中学を出るまではそばに置いてくれたんだから、あの人としちゃ頑張ったんだよ、あれでも」

「ふうん……で、いまはもうだいじょうぶなのか？」

「親父？　たぶんな。就職して以来会ってないし、電話や手紙も来ないけど、生きてはいると思うぜ。死んだ感じはしてないから」

「なんだよ、親父さんと一緒じゃなかったのか？　町内じゃァおまえ連れて夜逃げしたって噂だったぞ」

「はは、なるほどな。借金はきれいにしてから出家したはずだが、そこまでは誰も知らねェよなァ」

「出家？『拝み屋』さんは坊主《ぼうず》になったのか？」

「そのはずだ。いまはたぶん高野山《こうやさん》あたりにいるんじゃないか？　俺が接触して迷惑かけるといやだから、こっちからは探さないことにしてる」

そんな事情があったのかと大きく唸《うな》った紘一に、英真がしんみりと言った。

「泉谷って、ほんといいやつだよな。昔からだけどよ、ちっとも変わってねェや」

いきなりそんなことを言われれば、たいていの人間は照れるだろう。

「まあ、人並みの親切心はあるかな」

と返した紘一に、英真は歌でも口ずさむように返してきた。

「俺の言うことを笑ったり疑ったりしないって意味だよ」

なるほどと思いつつ答えた。

「ま、俺自身、あれこれ経験してるからな。アンテナがなくって霊の実在を信じないやつにとっちゃ、俺たちの会話は大いに怪しかろうぜ」

「電波系の変なやつら、ってか?」

英真はそう笑い、紘一はまじめくさってうなずいた。

「思われるだろうな。変な宗教に凝ってるんじゃないかとか」

言ってちらっとバックミラーに目を走らせたのは、後ろの席のおっさんたちの耳が気になったからだが、三人ともグウグウいびきをかいて白河夜船だった。

「千島や斉藤ともこういう話するのか?」

と聞かれて、

「いや、したことないな」

と答えた。

「でも千島は霊は信じてると思うぞ。なんたってエクソシスト志望で、勘当食らってまで神学校に入っちまったやつだから」

「へえ、千島はアーメンか」

「斉藤はたぶん信じない派だろ」

ちょうどそこで一行は火葬場に着き、紘一は門を入って右手の駐車場に車を入れた。

「もしもし皆さん、着きましたよ」

「おっさんたち、起きろ～」

高いびきで眠り込んでいたおっさんたちをたたき起こして、霊柩車に乗ってきた連中と合流した。

「や～れやれ、狭かった狭かった」

「おまけに車が曲がるたんびに棺おけがのしかかって来やがってよ」

「あ～、エライ目にあった」

「帰りは棺おけの分ゆっくりするって」

ふつう人は乗せない荷台に無理やり乗り込んだくせに、口々に文句を言いながら降りてきたおっさんたちは、さっさと棺おけを担ぎ下ろして火葬所に運んだ。

「社長、頭はどっち向けるんだ?」

「この向きでお願いします」

窯《かま》の前に据えられた棺おけの横に、手向けの香を焚《た》く白木の小机が置かれ、英真尼の出番。遺体を茶毘《だび》に付すにあたっての清めの経が誦《じゅ》され、白手袋をはめた職員の手で棺おけが窯の中に押し入れられて、鉄の扉に掛け金がかけられた。小机が窯を封印するかのように扉の前に移され、納めの読経と参列者の焼香。

「お短い方が点火ボタンを押されてください」

扉の横の黒いボタンを示しながら職員が神妙に言い、おっさんたちが顔を見合わせた。

「お短い方ってなァ何だ?」

「夫婦とか親子とかの親等が、一番お近い方という意味ですが」

説明してやって、紘一は面々を見回した。

「どなたがされますか?」

おっさんたちは相談し合うように目を見合わせ、

「……俺でいいか?」

と言ったのはヨシちゃん。

「ああ、頼むよ」

と一人が代表で答え、そう決まった。

「ナンマンダ、ナンマンダ、ナンマンダ……」

唱えてヨシちゃんはボタンを押し、窯の中でボッと点火した音がした。

「ナンマンダ、ナンマンダ、ナンマンダ、ナンマンダ……」

手を合わせたおっさんたちは、しばらく口々に念仏をつぶやいてから、ぶらぶらとあたりに散っていった。茶毘が終わるまでには小一時間かかる。ふつうは隣接の休憩所で茶菓など出すものだが、休憩所を使うには利用料がいるし、茶菓代を出す遺族もいない。そしておっさんたちも、そうしたことは期待していなかったようだ。適当にそこいらの芝生《しばふ》に座ったりごろ寝したりして、暇つぶしの日向《ひなた》ぼっこを始めている。

英真が歩き出したので、なんとなく紘一も肩を並べた。千島の姿が見えないが、たぶんヒーターつきの霊柩車の運転席でちゃっかり聖書でも読んでいるのだろう。

ふと気になって霊眼で見やれば、英真の向こうにふよふよとももんじい爺さんが浮かんでいた。棺おけに乗ってついてきて、英真の隣で恐れ気もなく自分の遺体の茶毘風景を眺めていたももんじい爺さんだったが、しきりと口を動かして英真に何か頼んでいるようすだ。

「英真」

と呼んで、こっちを向いた美貌《びぼう》の表情を窺《うかが》いながら聞いた。

「爺さん、何を言ってきてるんだ?」

「ああ、ちょっと待って」

言って、英真は爺さんに目を戻した。うつむき加減に歩きながら、ときどきうなずくようなしぐさをしたり、眉《まゆ》をしかめたりしている。どうやら何事か話し合っているふうだが、英真の唇は引き結ばれたままだ。（テレパシーで話してるのか？）と想像しつつ、紘一は英真のきれいな横顔を眺めていた。

この角度からだと女顔には見えない……いや、きっぱりしたラインが意外なほど男っぽい顔だちだが、この端正な輪郭のきれいさはどうだ。絵描きなら一目で惚《ほ》れ込むだろう。美しさにため息が出そうだ。べつに、こういう顔に生まれたかったと羨《うらや》む気持ちではなく、ただ……気に入った絵を部屋に掛けるように、そばに置いておきたい顔？

（なんだ、そりゃ）

と自分で自分にツッコミを入れて、紘一は頭を切り替えようと空を見上げた。煙突から細く立ち上る火葬の煙が、上空の風にゆるくたなびきながら薄れ消えていく空は、昨日とは打って変わった真っ青な快晴。

足を止めて、しばらく空の青さに見入った。

「俺も死ぬのはこんな日がいいなァ……成仏しやすそうで」

独り言につぶやいて、見上げた空に向かってう〜んと伸びをしようとした。両腕を肩まで持ち上げかけたところで、左の手首をがしっとつかまれて振り向いた。

「よせ」

英真は真剣な顔つきで言いながら、手首をつかんだ紘一の腕を下げさせ、

「ばかっ」

とつけくわえた。

「あん？　墓場で転ぶなっては言うが、焼き場で伸びするなってタブーは聞いたことがないぞ」

「あんなことを言わなけりゃな」

英真は怒った口調で言って、続けた。

「いますぐ成仏したいんじゃなければ、うかつなことを言うな」

「爺さんに連れてかれるって？」

そんなタイプには見えないが、と爺さんの霊を目で探した。一渡り見回しても見当たらないので探すのをやめた。

「ももんじいにはそんな気はなくても、迎えの阿弥陀《あみだ》たちが親切心を起こすかもしれないだろ」

「なんだ、そりゃ」

「俺は社長には長生きして欲しいね」

「まァだ二十五だっての」

「二十歳だって五歳だって死ぬんだよ、人間ってのは」

英真はそれを深刻な調子で言い、紘一はなにやらゾクッとなった。おまえは若死するぞと言われたような気がしたのだ。

「ツルカメツルカメ」

と口の中で唱えて、気分直しにとタバコを取り出した。一本くわえて、

「吸うか?」

と英真に差し出してやった。

「サンキュ。へえ、ラッキーストライクか」

「おまえはセブンだよな」

「ほんとは缶ピーが好きなんだけどな。めったに売ってない」

「あんな強いの吸うのか⁉」

「肺まで吸い込んでクラクラこねェと吸う意味ないだろ」

「やめろ、んな危ない吸い方は。肺癌《がん》死するぞ」

タバコをふかしながらそんな会話をして、吸い終えたのを潮に切り出した。

「ところで、爺さんとの話は済んだのか?」

「あーそのことなんだが、俺の口を借りて自分で頼みたいって言ってるんだ」

「誰に?」

「社長に」

「爺さん、俺に頼みごとがあるってのか⁉」

冗談じゃねェと手を振り首を振った紘一に、英真は、

「借金を返したいんだそうだ」

と口をへの字にひん曲げてみせた。

「借金って……」

「斉藤がわめき散らしてた二万のことだよ」

「へえ……あれは千島のミスで、うちの責任だぜ？　気にしないで成仏しろって言ってくれよ」

零細企業にとって二万の損失は小さくはないが、紘一にとっては、爺さんが気兼ねなく昇天してくれたほうがありがたい。

「石頭的に義理堅いんだよ、ももんじぃは」

よっぽど食い下がられたらしく、英真は吐き捨てるようにため息をついた。

「どっかに隠し金でも埋めてあるとかって話か？」

「故郷に弟妹がいるんで、払ってもらってくれって」

「そりゃ思っくそむずかしいだろ。まず無理だ」

考えるまでもなく結論を出した紘一に、英真もうなずいた。

「俺もそう言ったんだが」

「爺さんは納得しねェのか？」

「この俺を乗っ取ってでも思いを遂げようって勢いさ」

ウッとなって爺さんの姿を探してみたが、まだ取り憑いてはいないようだった。英真の右肩にミニチュアサイズに縮んだ聖比丘尼がちょこんと座っているのは視えるが、爺さんはいない。しかし霊は神出鬼没なものだから、油断はできなかった。

「厄介だな……」

紘一は唸って、吐き捨てた。

「ったく、斉藤がギャースカ騒ぎやがるから」

「あいつ昔っからあんなだったか?」

「あー……そうでもなかったと思うが、うちに来たときにはもう、キレ癖がついてたな。前の会社は、上司と大喧嘩して辞めたらしい」

「ふうん。社長もたいへんだな」

「俺には咬みつかないぜ。千島とはしょっちゅうあの調子だが」

「へえ。愛されてんだ?」

「千島が抜け過ぎてんだよ」

だが、ふとあの待ち受け画面のことを思い出して、みょうにくすぐったい気分になった。くすぐったい気がするのは「愛されてる」なんて言い方の語感のせいだろうが、男が男の写真を携帯に入れて持ち歩くというのは、友達としてじつはよほど気に入られているということかもしれない。

社長としては評価されていないだろうが、つぶれそうな会社をなんとか保《も》たせようと頑張っている自分を、斉藤が（頑張れ）と思ってくれているなら、かなりうれしい。斉藤が経理にきびしく目を配るのも、自分を助けてくれるつもりでのことなら……

「なんだよ、思い出し笑いなんかしやがって」

このスケベという調子でからかわれて、一瞬あの待ち受けのことを話そうかと思ったが、斉藤のプライバシーに関わる気がしたのでやめにした。（いや、昨夜のことを指してるのか？）と思いついて気まずい心持ちになった。

またタバコを吸いたくなって箱を取り出し、英真にも分けてやった。

日向になっている座り具合のよさそうな芝生が目についたので、腰を下ろしに行った。英真もついて来て、枯芝の上に並んで胡坐《あぐら》をかいた。休憩所の裏手にまわってきているので、あたりに人影はない。おだやかな静けさの中、どこかでピチュピチュと鳥が鳴いている。

「けっこう吸う方？」

と聞かれたので、

「一日一箱に抑えてる」

と答えた。

「タバコ銭もばかにならないんだよな」

と言ったら、

「ありゃ、じゃこれ虎の子か？　苦労してんだな」

と笑うので、

「宿無しプーよりはましだろ」

とやり返してやったが、そのせいで、母親から早く出て行ってもらえと言われたのを思い出してしまって、いやな気分になった。

だがたしかに、いつまでも居候させてやるわけには行かない。

「この先、どうする気なんだ？」

と聞いてみた。

「ン～……俺が行ってやってもいいかなァとかな」

「あ？　爺さんの件か？」

「あ、俺の身の振り方の話？」

たがいに振り向いた目が合った瞬間、英真はパッと赤くなり、紘一は急いで目を逸らした。

（こいつ、昨夜のこと覚えてる！）と感じたからだ。同時にかーっと体温が上がるのを覚えて焦った。英真がむこうを向いたのを目のすみで察知して、（そのままこっち向くなよ）と祈った。

ほっそりと華奢《きやしや》で象牙《ぞうげ》みたいに色白だったなめらかな背中……ああ、ダメだ、思い出すなっ。

ふわりとタバコの煙が流れてきて、英真がしゃべりだした。

「あーその、俺はいつでもどこでも今日からでも稼げるんで、とりあえずこの仕事が済んだら一稼ぎしてくる。なので今夜は、どっかホテル取るから。

もももんじいの頼みの件は、うまく回収できたら一割もらうってことでどうだ？」

「一割って、二千円だぜ？」

「千島のバイト料と一緒だろ」

「……爺さんの故郷ってのはどこなんだ」

「仙台《せんだい》だとさ」

「微妙だな」

「遠くもないさ。鈍行でも日帰りできないこともない」

「だが斉藤が納得しなきゃ足代とかの必要経費も出せないし、あいつは乗らないと思うぜ」

「それも含めて請求してくれって、ももんじいは言ってる」

「けど断わられたら？　おまえの丸損になるぞ」

「そのときは、昨夜の一宿一飯代だと思って諦めるさ」

やわらかくほほえんでいるらしい声で英真は言った。

「紘……じゃなかった、社長の役に立てるなら悪くないし。なんたって昔の借りもあるしな」

たぶんほんのり笑っているのだろうきれいな表情を見たいと思ったが、振り向く勇気は出なかった。だから代わりに言ってみた。

「……紘一でもいいぞ」

それから、そんなことを言う気になった自分に照れて言い添えた。

「社員でもないおまえに『社長』って呼ばれるのも、なんだかなァ」

「なんだよ、自分でそう呼べって言いやがったくせに」

クスクス笑いながらからかってきた英真は、暗かった昔とはすっかり性格も変わって、楽しいつき合いがやれる男になっているようだ。

「いつでも稼げるって、まさか水商売とかじゃないだろうな」

「うふふっ、ゲイバーならいつでも歓迎してくれそう、ってか?」

「そこまで言ってないだろ」

「でも思ったろ?」

「ホストクラブだよ、俺が思ったのは」

「へえ。女と間違えたくせに」

「髪型で思い込んだんだっ。それに、男にしちゃ」

「女顔ってか?」

「美形っていうんだろ、男の美人は」

「うふっ、俺ってきれい?」

両の頬《ほお》を手で挟《はさ》んでシナを作ってみせた英真に、

「オカマはやめとけ、似合いすぎる」

とやり返してやった。

「んで、イタコ以外にやれる仕事があんのか？」

「あー……そう言われると微妙に返事に困るが」

そう前置きして、英真は言った。

「辻《つじ》占い師だよ。道端に机出して、『占い』とかって行灯《あんどん》立てて」

「そうか、親父さんも易占の看板出してたよな。町内じゃ『拝み屋』って呼んでたが」

「あ、それいい。ただの占いじゃめずらしくもないし、俺もどっちかっていうと除霊や浄霊のほうが得意だし。よし、看板は『拝み屋』って出そう。衣装は和服かな」

「そんな怪しげな商売に客が来るかよ」

紘一はそう顔をしかめてやったが、英真は自信ありげに主張した。

「いや、間違いなく流行《はや》るぜ。いまオカルトはけっこうブームなんだ。おまけに俺は、本物かつ実力派の霊能者だし？　あ、紘一、マネージャーやらねェ？」

昨夜は気に障ったファーストネーム呼びが、さっきまでの「社長」呼びよりはしっくりと耳になじむのを感じながら、

「それだったら斉藤が適役だろ」

と言ってやった。マネージメントは斉藤がプロなのでそう言ったのだが、英真は紘一が面倒がったと思ったらしい。一瞬しゅんとなった顔つきを笑みでごまかした。

「あいつが引き受けるわけないだろ。俺はゴキブリ並みに嫌われてる」

「カツアゲやったって、ほんとなのか？」

「腹が減ってた」

ぽつりと白状して、そんな自分に照れたのか英真はニヤッと悪党笑いをした。

「贅沢《ぜいたく》に食える身分になっても、似たようなことやってたんだからな。斉藤クンごもっともさ。おまえも、うっかりだまされねェように気をつけろよ」

悪党ぶったその言い方に、紘一は（こいつ……）と思った。

会ったのは、中学の卒業式が最後だった。あれからどこでどういう経験をしてきたのか……十年という年月がブランクとして横たわる、いまの英真と自分との距離を自覚して、紘一はふとやるせない気持ちになった。

いや昔だって、こいつの何を知っていただろう。

小学二年生が、食い物に飢えて学校の友達から金を脅し取るような……食べ盛りの中学生時代を、学校の給食だけで露命を繋《つな》ぐような……紘一には想像もつかない飢餓生活に耐えながら、しかも霊障に苦しみ、父親から暴力を受け、学校では鼻つまみの嫌われ者という生き地獄のような子ども時代を、誰にすがることもせず一身に引き受けて生き抜いてきたやつ……

「俺は、おまえを尊敬するよ」

紘一は言った。

「いまもちゃんと生きてるってことだけでも、おまえは充分偉い。斉藤は、おまえがどんなにひどい地獄を生き延びて来たか知らないから」

「いやん、斉藤クンには言わないでェン。英子、一生のお願～い」

と、ふざけ口調で口止めしてきた英真は、行き倒れ事件で彼の生活実態を知って中学生なりの手段で彼を助けようとした紘一を、「同情されるよりは死んだほうがまだましだ」と頑として拒絶した、あのころの彼そのままだった。

「誤解されたまんまでいいのかよ」

と言ってやったが、

「誤解じゃねェよ。たしかにあいつからも巻き上げたことがある」

と返ってきた。

「俺にカツアゲされたことがないのって、紘一ぐらいだぜ、じつは」

そんなホラを吹くので、

「マジかよ」

といなしたら、

「だから鼻つまみだったんだろうが。実際、臭ェのも臭かったろうけどな」

英真はそれをやけくそっぽい苦笑に乗せて言った。

その表情に胸の奥がズキンとしたので、紘一は英真の頭に鼻を寄せてわざとクンクン嗅《か》いでから言ってやった。

「いまは化粧臭いな」

「そう、いまは化けるようになってねェ、昔よりタチ悪いかも」

白い歯を見せてキキキッと笑ってみせた英真は、自虐癖があるようだ。

「ところで今日は、骨《こつ》を持って帰ったら解散か？」

「ああ。十二時前には終わるだろ」

「じゃあ夕方までたっぷり稼げるな」

「辻占いか？」

「辻拝み屋だって」

「なんでもいいが、今夜はどうするんだ？」

「稼ぎでホテルに泊まる予定だって言ったろ」

「じゃあ、稼げなかったら俺んとこだな」

言ってやって紘一は、出て行って欲しいなどとは思っていない自分に気がついた。

「晩めしがいるなら早めに連絡しろよ。っていうか、歓迎会してやろうか。新橋《しんばし》あたりの居酒屋ぐらいしか連れて行けないが」

英真は驚いた顔で紘一を振り向き、

「そういえば、ギャラもらえるんだっけ？」

と薄笑いを浮かべてみせた。

「だったら俺がおごるよ。昨夜は迷惑かけたみたいだし」

とたんにカッと全身が上気して首まで真っ赤になったのを感じ、穴があったら飛び込みたい心地で紘一は言った。

「そそ、そのっ、お、俺はつまり」

「乗っ取られちまったんだろ？　俺」

英真は淡々とした調子で言った。

「泥酔しちまうと魂が遊びに出ちまいやがって、その隙《すき》にほかの霊に取り憑かれちまうって事故を、俺たまにやるんだよ。そのあいだの記憶はねェもんだから、『俺』が何やったかは自分じゃわからねェんだけどさ。

ええと、おまえと犯《や》っちまったのかな、もしかして」

「い、いや、つまりだ」

しどろもどろの紘一に対して、英真はまったく平静だった。

「俺って根がスケベってことなんだろうけど、邪淫霊が憑くことが多いらしくってよ。無理やり喰《く》っちまったんなら、悪かった」

「い、挿入《い》れたのは半分だけだ」

だらだらと恥汗をかきながら申告したら、

「え、俺よくなかったか?」

と心外そうに目をすがめられた。

「い、いいも悪いも、おまえに取り憑いた女がバックは嫌がったんで、追い出すために突っ込んだだけだ」

「ふうん……なんだ、残念」

とは聞き捨てならない。

「おま、おまえ、もしかしてホモか?」

「ん〜、女ともやれるから、いちおうバイ?」

それから英真はケラケラ笑い出しながら紘一の顔を指差した。

「そんな焦んなくたって、素面《しらふ》でおまえ襲ったりはしねェからよ」

「そ、そうだよな。ゲイだって好みがあるみてェだし」

だが、そうした言い方は藪《やぶ》からヘビをつつきだした。

「俺は紘一になら抱かれてやってもいいけどな」

さらっと紘一を仰天させておいて、英真はキヒヒッとワルっぽく笑った。

「心配すんなって。俺はノンケは喰わねェし、不倫もやらねェ主義さ。安心して嫁もらえ。

ただし昨夜みてェなときには何するかわからないから、ヤバかったら殴って逃げてくれな。手足の二、三本ぐらい折ったってかまわないし」

「ンなことできるかよ」

このきれいな男の顔を殴る？　手足を折る？　冗談じゃないっ。

ところが英真は言うのだ。

「昨夜の霊は、たぶんレベル1ってとこの弱い霊だ。その程度で逃げ出したってことは、まだ悪霊ってほどの力は持ってなかったんだろう。けど地獄の一丁目から来たやつだと、レベル5とか10とかいうパワーだからな。取り憑かれたら、俺のこの細腕でも、おまえの背骨をへし折るぐらいのことはやってのけるだろうさ。だから、ヤバいと思ったら遠慮はなしだ」

それから、何か思いついたようにふとさまよわせた目を伏せて、自嘲《じちょう》する調子で言った。

「あーいや、そういう危ないやつがそばにいるってこと自体が、そもそもナンセンスだよな。でもまあ、またどっかで会ったときには、いま言った『心得』を忘れるなよ」

「どこかへ行くのか？」

返事はわかっていたが、紘一は聞いた。

「とりあえず仙台だな」

英真はそうとぼけ、はんなりと明るく笑って続けた。

「そのあとは、大阪《おおさか》にでも行くかなァ」

「俺に迷惑をかけないためか」

　これまた返事はわかっていて聞いた紘一に、英真は、

「ばーか」

　とうそぶいた。

「こう言やァお人よしの紘一はきっと引き止める、って計算して言ってんだ」

「そう言われちゃ、引き止めづらいが」

　言って、紘一はそれこそが英真の最終計算なのだと悟った。自分は生き地獄のような暮らしに耐えていながら、紘一が差し出した手は「おまえんちには迷惑かけたくない」と振り払った……あのころの英真はそっくりそのまま、いまの英真に引き継がれている。

「おまえがおかしくなったときには、半殺しまではOKでいいな?」

　英真は心底びっくりしたようすで頭を跳ね上げ、ぎゅっと眉根を寄せた顔で真正面から紘一を睨《にら》みつけた。

「馬鹿か、おまえは!」

　怒り心頭といった表情に引き歪《ゆが》んだ美貌は、その凄絶《せいぜつ》な色香で紘一の決心を固まらせた。

「治療費や慰謝料の請求は受け付けないが、もしも運悪く殺《や》っちまったときには、葬式は俺持ちでやってやる。ただし『スタンダード』のいちばん安いクラスで、花は水島《みずしま》んとこのあまり物だからな」

美貌が浮かべた自分のための激怒顔が、自分の言葉のせいで泣き出しそうな表情へと崩れるのを、紘一はうれしさが噴き上がる思いで見守った。

「けっちくせェ～……」

両手で顔を覆ってうずくまった英真の、笑ってる声でのつぶやきに、ニヒヒと笑って背中をどやしてやった。

「おまえ、俺のお節介好きを甘く見てやがっただろ。あいにくと俺は、おまえにかけちゃ筋金入りなんだ。あのころ助けてやれなかったぶん、こんどはきっちり面倒見てやる。おまえには余計なお世話でもな。なんせ俺にはトラウマなんだ」

「なんでおまえって……昔っからそうだよな。俺みたいなやつのこと、平気で友達あつかいしやがってさ……」

泣きながら笑おうとしているような震え声でのつぶやきは、紘一の庇護欲《ひごよく》を直撃した。

（こいつには俺が必要だ）という思いにぐっと胸と目頭が熱くなり、意識する前に英真の肩を抱いていた。

「なんたって幼馴染みだし、『えさ係』だったんだからな。咬《か》みつかれたこともねェし、怖がれって言われたって無理だってェの」

「そんなこと言ってやがると、斉藤や千島を敵にまわすぞ」

「あいつらだって話せばわかるさ」

「話すって、何をだよ」

戦闘態勢に入った犬が威嚇《いかく》を込めて唸るような調子で英真は言い、（地雷を踏んだか？）と思いながら紘一は返した。

「だから、昔おまえが荒れてた理由とか」

「バラしやがったらコロす」

白い犬歯を剝《む》き出して獰猛《どうもう》な表情を作ってみせた英真は、みんなにそれを知られることは死ぬより恥ずかしいと思っているらしかったので、

「わかったわかった。秘密だな、了解」

と降参しておいた。

「だがまあ、せっかく帰ってきたんだから都内にいろよ。何かアテがあるんなら別だが、わざわざ大阪なんかに行くことはないだろう？　今回みたいに、おまえがいてくれると助かるケースがまたあるかもしれないし」

「ハンッ、俺を便利屋に使おうってか？　言っとくが俺のギャラは、アゴアシ別で三十万以上ってのが相場なんだぜ」

「マジかよ！　いい商売してるなァ」

心底から感嘆して見やった横顔は、つんとそっぽを向いていて、その、人馴《ひとな》れを嫌う強情な野良猫《のらねこ》のような態度についつい笑みがこぼれた。ノラはノラでも、紘一にだけはなついている

ノラで、おまけに超絶美形の精悍《せいかん》な黒猫のような、二人とはいない男なのだ。

その男がくりっと振り向いて、せっかくの美貌をチンピラやくざ流の凄《すご》み顔に歪めて言った。

「なァに笑ってやがんだよ」

「おまえなあ、せっかく黒猫ふうの美形なんだからチンピラ顔なんかすんな」

と注意してやったら、

「なんだ、そりゃ」

と馬鹿にされた。

だが忠告された気分はまんざらでもなかったらしい。

(とりあえず引き止めは利きそうだな)

という計算を踏まえて、紘一は、このきれいな生き物の捕獲作戦に乗り出した。

「意識不明になるとヤバいっていうなら、深酒厳禁、気絶も禁止。爆睡ってのも危ないのか？　とにかく魂が勝手に抜け出さないように自己管理するんだな。おまえは自分のやれる努力は尽くすやつだから、それ以上はゼロ10の事故だって諦めて、面倒見てやるよ。

俺は、おまえが戻ってきてうれしい。こうやってしゃべったり一緒に飲みに行ったりしたいし、何かあったときには持ちつ持たれつでやれたらいいと思うんだ。

おまえに助けてもらうときには、ギャラは友達値段に値引きしてもらう代わり、俺がおまえを助けるときはボランティアってことでどうよ？

もっとも俺は除霊なんかできないから、たいした役には立てないだろうが、いざとなったら千島のコネでプロを探してきてやるぐらいのことはできると思う。っていうか、するから。

俺んちにもう一部屋あれば、格安家賃で勧誘するんだけどなァ」

「おまえって、ほんっと、馬鹿がつくお人よしだな」

吐き捨てる口調とは裏腹に、肩を抱いた紘一の腕に体重を預けてきた英真が、からかい調のささやき声で言った。

「それとも、じつは俺のフェラ・テクの虜《とりこ》とか？　セフレ契約なら、現在『空き』ありだぜ。フェラまでなら一晩二万、本番あり（中出しＯＫ）なら五万のとこ、フレンド価格で無料サービスだ。ただし、俺がその気になったときだけ、って条件つきだけどよ」

「俺にはホモっ気はないぞ！」

と断言した瞬間、英真の中でカチリと何かのスイッチが入ったのがわかった。

「ほ～お？　紘一のくせに、可愛《かわい》くねェことを言いやがるじゃねェかよ」

インネンをつける調子でせせら笑った英真が、口を狙《ねら》ってキスしてくることは、頭のどこかで予想していた気もするが、それが押し倒されのしかかられて奪われる恰好《かっこう》になったことは予測の範囲外だった。

もっとも紘一がびっくり仰天したのは、自分より小柄な英真にあっさり押し倒された瞬間の、目にも留まらぬ柔道技を食らったようなアッケ感のせいだったし、大いに焦ったのは、英真のキスの上手《うま》さにというよりもその舌の感触が、昨夜の目くるめくフェラ出しの快感をやたらリアルにフラッシュバックさせたせいで……

口が離れていったとたん、紘一はあたふたとあたりに目を走らせた。みんながいるあたりからは死角になる、休憩所の建物の裏手にまわり込んできていたので、さいわい目撃者はいなかったようだ。

「見ろ、このドスケベ。たった五秒でスタンバイしやがったじゃねェか」

紘一にまたがって両肩を押さえつけたまま、馬鹿にする顔でヘヘンと口元を歪めてみせながらの告訴に、赤くなりながら抗弁した。

「お、おまえのその格好のせいだっ」

「尼僧萌えってか？　そんな言いわけで、この生意気な勃《た》ちっぷりを言い抜けられると思ってんのかよ。中身は俺だってことがわかっててコレってのは、どうよ、ええ？」

たしかに半勃ちしてしまっているそこを、女とは違うコリッとした感触がある股間《こかん》でなぶられて、ヤバい気持ちよさに悲鳴を上げた。

「こ、こすりつけんな、やめろよっ」

「昨夜は俺にご奉仕させただけで、こっちにはメリットはなかったみてェじゃねェかよ。恐山《おそれざん》じゃ泣く子も黙る英真様をォ安く踏んでんじゃねェぞ、紘一のくせにっ」

「や、安くなんて踏んじゃっ！　か、体はおまえだったから俺は我慢してっ」

なんとか英真を押しのけたいのだが、両肩をフォールされているのでろくに腕が使えない。じたばたと足掻《あが》いていた視界に、ぬっと黒い影が差し込んで、ぎょっと顔が引き攣った。

逆光をバックに二人を見下ろしてきたのは、千島だ。

「なにじゃれてんだよ」

と呆《あき》れたふうに鼻を鳴らして、千島はくいと親指を振った。

「骨《こつ》がそろそろ上がるってだぞ」

「うっしゃ、仕事だ。行くぞ、紘一」

英真は涼しい顔で立ち上がってさっさと歩き出し、紘一も起き上がってスーツの芝くずをはたいた。

「火葬場の裏で美人尼とアオカンなんて、おっさんたちに知れたら見物されるぞ」

とのコメントに、歩き出しながら、

「シメられてたんだよっ」

とやり返した。

「そうなのか?」

「ああ。おまえ、いいとこへ来てくれたよ。やっぱり十年たつと人間は変わるんだなァ」

そんな述懐を口にしたのは、さっきの英真のセフレ発言が、思い返すほどにショックを深めていたからだ。

「あいつ……この十年どこで何をしてたんだろうな」

「『ろくなことはしてこなかった』に千円」

そうはっきり言われると、かばってやりたくなった。

「でも昔と比べりゃずいぶんまともだぞ？」

「見かけは、いちおうな。とりあえずむやみと深入りしないことさ」

「まあ……な」

たしかに、男が男の外見に惹かれるというのは、たぶん、あんまりまともなことじゃない。ましてや英真は、バイだのセフレだのという紘一の生活観からは遠い世界を、身近に置いているやつらしい。千島が言うとおり、やたらと深入りしないほうが安全というものだろう。

だが……おまえの面倒は見てやると、もう言ってしまった。昔はしてやれなかったことも、いまの俺ならできるからと。そして英真は、そんなことを言ってくれる友達がいてうれしい、と……口では言わなかったが、あのときそう思っていたのは確かだ。

そして紘一は、深入りするなという千島の忠告に理性はうなずいても、気持ちは納得などしていないのを悟った。

心は、（あいつを手放すな）と言っている。千島や斉藤や母親が何と言おうと、（俺だけはあいつを理解してやれる友達でいてやりたい）と思っている。

それが悪いか？　いけないことか？　あいつは、俺には何の迷惑もかけてない。だったら、俺ぐらいはあいつの味方でいてやってもいいだろう？

「ン、決めた」

決意を声に出してつぶやいたら、

「あん？」

と聞き返されたので、反射的に振り向いた。その拍子に斜め半歩後ろといった場所にいた千島に肩がぶつかり、「すまん」と詫《わ》びた。

「ユア　ウェルカム」

達者なネイティブ発音で千島は言い、紘一の肩にひょいと腕を載せてきた。

「なんだよ、重たい」

と肩をゆすったら、

「汝《なんじ》の隣人を愛せよ、だ」

とうそぶくので、

「へいへい、愛してるよ」

と受けてやった。

「ちょいストップ」

「ん？」

「頭に芝がついてんだよ」

「どこ？」

「取ってやるからじっとしてろ」

休憩所の表にまわったところで「お～い！」と呼ばれた。

見れば骨は焼き上がったらしく、おっさんたちが集まっていて、英真尼が読経中だ。

紘一は急いでご一同様に合流し、まだ熱く灼《や》けている骨片を、作法どおり足のほうから順に二人一組となっての箸渡しで骨壺《こつつぼ》に収める儀式を手伝った。


骨壺を捧持《ほうじ》しての帰路、英真は、千島が運転する霊柩車のほうに乗り込んだ。例の一件をシメられたのだと説明したのがまずかったようで、千島としては紘一をガードするつもりでそう計らってくれたのだろうが、今夜の飲みの約束を固めるチャンスがないままに別れてしまったのが気にかかる。

（ま、会社に帰ってからでいいか）

と思いつつ、発進の準備にシートベルトをかけていたところで、助手席に座ったおっさんが話しかけてきた。

「すまねェんだけどさ、俺らのヤサの近くへまわっちゃもらえねェかな」

つまり銀座《ぎんざ》まで戻らずに途中下車したいということだ。

「いいですよ」

気軽に引き受けて、

「どこです?」

と尋ねた。

「新宿《しんじゅく》」

「渋谷《しぶや》」

「俺ァいまは上野《うえの》だ」

「俺は区のセンター」

四人のおっさんたちはそれぞれに言ってきて、(しまった、みんな区のセンター暮らしだと思ってたぜ)と後悔のほぞを噛《か》んでも後の祭りだ。

英真は、仕事が済んだら稼ぎに出ると言っていた。こちらはかなりの遠回りになり、帰り着いたころには英真は出かけてしまっているかもしれない。そしてそうなったときには英真と連絡を取る手段がない。携帯電話の番号どころか、携帯を持っているのかどうかさえも知らないのだ。

「お送りしますので、社に一本電話させてください」

おっさんたちに断わって、千島の携帯電話を呼んだ。ところが電話に出たのは斉藤だった。

《お待たせいたしました、斎葬祭、斉藤でございます》

「は? なんでおまえが出るんだよ!」

《なんだ、社長かよ。千島の携帯がここにあるからに決まってるだろ》
うっかり者の雑用屋は、今日も携帯を事務所に忘れて出てきたのだ。
「しょうがねェな。じゃあ、おまえに頼んどく」
《あいよ》
「いま戻りなんだが、英真が霊柩車のほうに乗ってる。俺はお客さんを送ってから戻るから、俺が帰るまで英真を捕まえといてくれ。一時間ぐらいで戻るから」
《あいつ、何かやったのか⁉》
嬉々《きき》とした声で聞いてきた斉藤は、（そら見たことか！）と有頂天になっているらしい。
この野郎……と思いつつ、紘一は返した。
「まあな」
飲みの相談をするためだと明かしたら、斉藤は頼みを無視するだろう。人を使うには、嘘も方便も必要だ。
《で⁉　あいつ何やったんだ⁉》
昔のカツアゲの恨みがよっぽど根深いらしく、はしゃぎ声で追及してきた斉藤は、英真を捕まえたら得々と非難の毒舌を浴びせそうだ。紘一は慎重に言葉を選んだ。
「ちょいと話し合いが必要なことになっただけだ。千島がミスった二万のことでな」
ちょうどいい口実と思って持ち出したネタだったが、斉藤は混乱した。

《なんであの件に住吉《すみよし》が嚙むんだ?》

もっともな質問だが、人を待たせての長電話はまずい。

「帰ってから説明する。とにかく英真を引き止めといてくれ、頼むぞ」

と釘を刺して通話を切った。

携帯電話をポケットにしまったところで、助手席に座ったおっさんが遠慮がちに言った。

「なんか取り込みかい? 送ってもらっちゃ迷惑なら」

「いえ、だいじょうぶですよ」

と笑ってみせて、車を発進させた。

「新宿と渋谷と上野は、JRの駅のあたりでいいですか?」

「おう、助かるよ、社長」

「すまねェね。銀座から歩いて帰んのは遠くてよ」

こっちはわざわざ都内を一周させられることになるが、これも人助けだ。遠回りぶんのガソリン代は自分持ちになるが、しかたがない。

だが、情けは人のためならず……おっさんたちは車を降り際に「アブラ代だ」と言ってそれぞれ百円玉を渡して行き、紘一の親切は計四百円のカンパに報われた。もちろんガソリン代からは足が出るが、こうした人情のやりとりは金では換算できない気持ちのぬくもりを生む。

区の救護センター前で最後の一人を降ろし、気楽な独りドライブになったところで、英真のことを考え始めた。あのときのセフレ発言についてだ。

もちろんあれは、うっかり真に受けたら「ばーか」とやられるたぐいの、タチの悪い冗談に違いないが……たぶんそうに違いないと思うが……バイだというのも冗談かどうかは怪しい。おそらく英真は、男女関係の面では相当に野放図な暮らしぶりをしてきたに違いない。でなければ、久しぶりに再会した男友達を相手に、あんなふうに気軽にキスなどできるはずがない……それも欧米流のあいさつのキスなどではない、ディープなフレンチキスなんてものを。

そして、いまの英真はそういう男だというのならば、今後、彼に同性のセックスフレンドや恋人ができる可能性も覚悟しておかなくてはならないだろう。母親あたりは破廉恥だとか言うだろう、そうしたことも含めて、英真を受け入れられるか？

（だいじょうぶさ）

と紘一は自問に答えた。あいつがバイだとか、よしんばホモだとしたらと考えても、嫌悪の情といったものは湧《わ》かないのだから。

道が混んでいたせいで、計算よりだいぶ遅れて銀座に戻った。社用に確保している屋根つきの月極駐車場に車を置いて、社までは徒歩だ。霊柩車は戻っていたから、英真は会社にいるはずだ。

（斉藤があんまりいじめてないといいが）

などと思いつつ、水島生花店の前を通りかかった。ふと目についたパンジーの花束に気をそそられて、店に入った。歓迎会なら花ぐらいあってもいいだろう。

チリンチリンとドアベルが鳴り、水切り作業中だった水島が、

「いらっしゃいませ」

と顔を上げた。紘一を見てニコッと笑った。

身長とおなじく中学で成長が止まったような童顔は、笑うとなおさら幼くなるが、これがなかなかやり手な長男坊で、大きなホテルを三つも顧客に持っている。ロビーやレストラン、高級客室の花活けを一手に請け負っているのだから、じつは店主みずから店番をする必要などない左うちわなのだ。

「よっ、昨日はお世話さん」

「こっちこそ毎度。今夜のお通夜？」

「いや。あれを」

紘一は、ウインドーに飾られているパンジーを指さした。白い木製の椅子《いす》の上にさりげなく置いてある感じが、英真に似合う気がしたのだ。

「ん？　あ、花束？　めずらしいね」

「まあな」

「こっちの花のほうが新しいから、こっちやるね」

バケツに浸《つ》けてあった束を取り上げて、手早くラッピングにかかりながら、水島はほがらかに話しかけてきた。

「やっとカノジョが見つかった?」

「いや」

英真にやるんだと言うのは気恥ずかしいので、それだけの返事でごまかした。

「いいなァ、泉谷《いずみや》はモテるから」

「あっは、その点、花屋はポイント高いはずなんだけどね。カノジョには縁がないねェ」

「そうでもねェよ。葬儀屋だってわかると逃げられる」

「おまえは忙しすぎるんだろ」

お世辞ではなく紘一は言った。

水島生花店は、父親が欠けた一家六人と社員バイト合わせて四人の従業員で切り回しているが、店にはいつも一人二人しかいたことがない。月極料金で契約しているホテルには花を配達するだけではなく、活け込みのサービスや水替えといったアフターフォローまでしているので、スタッフは十人いても常時目が回るような忙しさなのだ。

今日はたまたま水島が店にいたが、こんなことはめったにない。だから水島がモテないのは、小柄で童顔といった理由ではなく、恋人を作る暇などないというのが実情だろうと思うのだ。

「それにしても花で口説こうなんて、泉谷らしくなく粋じゃない」

「らしくないってのはなんだよ」

「この花、今朝親父《おやじ》のところから入荷したんだけど、花言葉がぴったりだよね」

水島家の家長は千葉《ちば》で花作りをしている。五年前に大病をして商売を引退したのだが、花とのかかわりを切りたくなくて園芸家になってしまうところが、いかにも水島の親父らしい。

「あ、そうなのか？　春らしくっていいと思っただけだ」

花言葉なんて、紘一は知らない。あははと笑って水島は言った。

「パンジーの花言葉はね、『私を想ってください』」

「ふ〜ん」

「ただし欧米では、『三色スミレ』はホモの隠語にもなるみたい」

「げっ」

思わず言ってしまったが、いまさら別の花に代えてくれというのも変だろう。どうせ英真も花言葉など知らないに違いないと決め込んだ。

「リボンは何色にする？」

「任せる」

「どんなタイプの彼女？」

女じゃねェがと思いながら言った。

「理知的美人」

「歳は？」

「同い年だ」

「ふうん」

選び出した薄紫色の細いリボンでラッピングを仕上げながら、水島がちらっとこっちを見た。

「もしかして、住吉？　腰抜かすほど美人になってたよね」

まさか見抜かれるとは思っていなかった紘一は一瞬ぎょっとなったが、べつに隠すことでもないので、

「まあな」

と答えた。

「今夜飲みにつれてってやるんだが、ウェルカムの花束ぐらいあってもいいかと思ってな。これならちっさいし」

「そ〜りゃたいへんだ」

水島はニコニコッとして、でき上がった花束を渡してくれながら続けた。

「斉藤は住吉のこと大っ嫌いだろ？」

「昔カツアゲ食らったんだってな。ええと、いくらだ？」

「四百円ね」

「んじゃ……千円からだ」

「ありがとうございます、六百円のおつり」

「どーもな」

花束を手に店を出たところで、飲み会の添え物にするなら、渡すまで秘密にしておかなくてはならないことに気がついた。

そこで紘一は、英真に見られないよう花束は背中に隠して会社に戻ったのだが、そうした用心は無駄になった。英真はいなかったのである。


「出かけた!?」

そう目《む》を剝いた紘一《こういち》に、頼みの綱を預けてあった斉藤《さいとう》は、しれっとした顔で、

「ああ」

とうなずいた。

「なんでだよ!　捕まえとけって言ったろ!?」

「話は聞いたよ」

だからいいだろうと思っているらしい斉藤は、目はパソコンの画面に向けたままつけくわえた。

「ばかばかしい、って言ってやった」

「それで英真《えいしん》は!?」

「出てったよ」

「どこへ！」

「知るか」

「おまえな〜っ、何のために俺がわざわざ電話したか！　意味ないじゃねーかよ！」

「あんな馬鹿話、話し合ったってしょうがねェだろ。幽霊が赤字を弁償したがってるなんてメルヘンは、よそでやれって」

　斉藤はあくまでも冷ややかで、取りつく島もない。

「おまえに頼んだ俺が馬鹿だったよっ」

　と捨てゼリフして、紘一は事務所を出た。三階の自分の部屋に行ってみたが、案の定、英真の荷物もなかった。

「母さん！　母さん！」

　母親は居間で尼僧衣装の後片づけをしていたが、英真の行く先は知らないという。

「仕事しに行くとは言ってたけどね。どういう仕事だか」

「街で易者やるんだってさ。変な想像するなよ」

　英真に代わって説明してやったところが、

「ほんとかしらね」

　と憎たらしく肩をすくめられて頭に来た。だがいまは親子喧嘩《げんか》をしているときではない。

「何時ごろ出てったんだ?」

「さっきよ。お昼はちゃんと出してあげたからね」

「ギャラは?」

「斉藤くんが渡したでしょ」

「くっそォ」

手持ちの金ができてしまっては、糸の切れた凧《たこ》のようにどこへでも行けてしまう。三万もあれば、日本全国どこへでも行ってしまえるだろう。

「出かけてくる」

と居間を出て、

「晩めしはいらないから」

と宣言した。もしも英真が見つかれば、一緒に飲みに行く約束を実現できるし、見つからなければ自棄酒《やけざけ》だ。

「遅くなるなら鍵《かぎ》持って出てよ」

という忠告は、言われ続けてン十年。紘一のポケットに常時鍵が入っていることは知っていて念を押してくるのだ。それでもいちおう、ポケットに入っているのを確かめてしまうのは、これまた習慣だからである。

せっかく買ったパンジーの花束を手に、自宅であり社屋でもある『斎葬祭《いっきそうさい》』ビルの玄関を出ると、紘一は有楽町《ゆうらくちょう》駅に向かって道を急いだ。

英真の行き先など、まったく見当もつかなかったが、旅に出てしまうつもりで行ったのなら最寄り駅ではないかと思ったのだ。地下鉄駅もあるが、十年も東京を離れていた英真は、たぶんＪＲ線のほうを選ぶだろう。

もちろん、母親が言った「さっき」が十分前か一時間前かによって、条件は大きく変わってしまうわけだが、とにかく闇雲《やみくも》にでも探してみるしかない。

四丁目の交差点に出ると、銀座《ぎんざ》通りが歩行者天国になっていた。

（そういや土曜日だったか）と思いながら、ストリートフェア風に露店が出ている通りを横切りかけて、ふと（いるかも）と思った。

勘というほどの根拠はない、ただの思いつきだったが、紘一は行き先を変更して一丁目方向に通りを歩き出した。

ほんの二百メートルほどだった。ハンバーガーショップが出しているオープンカフェと、画廊の路上展示のあいだの隙間《すきま》のような場所で、英真が『店』を出しているのを見つけたのだ。

昨日着ていたジーンズにダウンジャンパーという格好で、道端に置いた折りたたみ椅子《いす》に腰掛けた英真は、向かいの椅子に座った高校生ぐらいの女の子の手相を見てやっていた。そばに客の女の子の友達らしいのが二人立っている。

安堵《あんど》にほっと肩を落として、紘一は隣のオープンカフェに入った。テーブルの上に花束を置いて、英真の客が席を立つのを待った。

女子高生たちは長尻《ながじり》だった。野天のテーブルなのを幸いにタバコをふかし、まずいコーヒーをすすりながら待って待って待ちくたびれて、やっと席を立ったので（よしっ）と思ったら、見物していた友達が交代で席に座ってしまった。どうやら三人とも済むまで待たされることになりそうだ。

と思っていたら、さらにＯＬ風の二人連れが近づいてきて、女子高生たちの後ろに並んだではないか！

「おい、冗談じゃねェぞ」

こっちは昼めしも食べずに待っているというのに、あれではいつ英真の手が空くかわかったものではない。だが目を離したら逃げられそうな気もして、席を立てない。しかし腹はすいている。

「えーくそっ、俺はジャンクフードは嫌いなんだよ」

ブツブツ言いながら立ち上がって、店内のカウンターに行った。ハンバーガーを二つとサラダを買ってテーブルに戻ると、座っているやつがいた。高そうなオーバーを着込んだ、中年と呼ぶにはまだ若いといった年頃の男だ。テーブルの上には、空き席ではないしるしに花束とタバコの箱を置いてあったのに、ちゃっかり座り込んでいる。

「失礼」

と声をかけた。

「ここ、俺の席なんですが」

男はあわてるふうもなく、紘一を見上げてほほえんだ。

「待ち合わせの相手は来ないようですね」

なんだ、この人と思いながら、

「勝手に待ってるだけなんで」

と答えたら、

「まあ、座りませんか」

と来た。大きなお世話だ、自分の席だ。だが座れば男と相席になる。

ほかのテーブルに移ろうと思って見回してみたが、あいにく席はふさがっていた。相席を頼みたいなら、もっと言い方があるだろうと思いながら、腰を下ろした。

「失礼ですが、悲しいことがおありだったようで」

男はバーでもカウンターに座って、赤の他人を話し相手にしたがるタイプらしかった。

「仕事です」

と、コートの下は黒服に黒ネクタイでいる理由を説明した。名刺を出してやろうかと思ったが、行きずりにしても愉快ではない相手に、わざわざ素性を教えてやることはないと思い直した。

　たぶん四十にはなっていない年頃で、大学講師とかマスコミ記者とかいった文化系の仕事をしていそうな男だった。着ている物や物言いからして、そのへんのサラリーマンとは人種が違う。会社勤めだとしたら一流企業の役付か、どこかの若社長あたりだろうか。

　そんな観察をしながら、紘一は買ってきたハンバーガーの包みをあけて食べ始めた。男にあいさつも言わなかったのは、向こうの礼儀はずれに倣《なら》っただけだ。

「食事はいつもそういった物を?」

　男は他人のことを根掘り葉掘り聞き出すのが趣味らしい。返事をしてやる義理はなかったが、葬儀屋とて客商売で、どこでどう縁がつながるかわからないのが世間である。やたらな相手に無愛想を振りまくと、あとで困ることになるかもしれなかった。

「めったに食べません」

　と答えて、お愛想でつけくわえた。

「今日はしかたなく」

「では、もっと早く声をかけてみればよかったですね」

　男は言って、テーブルに置いていた手をそろりと動かし、目は紘一に向けたままパンジーの花束に触れた。

「近くに行きつけのレストランがあるんですが、ご一緒にいかがですか」

もしも紘一が花屋で水島《みずしま》に会っていなくて、パンジーの花言葉やらを教えてもらっていなければ、男の挙動は単に不可解なだけだったろう。

しかし知識があれば、推測も働く。

（こいつ、ホモか！）

しかもナンパを仕掛けてきている。いや、もしかしてこっちが誘ったわけか？　わざわざパンジーの花束を持って、オープンカフェで人待ち顔……！

「ハハッ、い、いや失礼、ハハハハハハッ」

こみ上げる可笑《おか》しさに腹筋が震える。だがここで爆笑しては人倫にもとるだろう。

「ご、誤解させてすいません。俺はあいつの仕事が終わるのを待ってるんで」

男は紘一の指さしを目で追って英真を見つけ、おやおやというふうに肩をすくめた。

「そうですか、それは残念だ」

泰然とうなずいて、さりげなく花束から手を引いた。紘一は、そのまま男が席を立って去ってくれるものと期待したのだが、男は引っ込めた手でポケットからタバコの箱を取り出した。まだみこしを上げる気はないらしい。テーブルに置いたのは黒箱の洋モク。フィルターが金色で紙巻の部分がチョコレートブラウンという気障《きざ》なタバコに火をつけたライターも、使い捨ての百円モノなどではない二、三万はしそうな金張りの高級品だ。タバコの銘柄が気になったが、聞けばおしゃべりを持ちかける恰好《かっこう》になるので黙っていた。

「きれいな方ですね」

と男が言ったのは英真へのご感想。女だと思っているようなので、

「ええ、美人です」

と答えた。

「手相占いですか」

「まあ」

「お似合いのカップルだ」

と言われて、

「どうも」

と返した。

「もう長いおつき合いで?」

というのは踏み込んだ質問だったが、世間話の範疇《はんちゅう》でもある。

「小学校からの同級生です」

と答えたら、

「筒井筒《つついづつ》ですか」

と返ってきた。『筒井筒』というのは、たしか高校の古典の教材に出てきた単語で……仲良しだった幼馴染《おさなな》み《じ》の男と女が、再会して恋に落ちる話だったような……

俺と英真じゃホモだぜと思いながら、誤解は大歓迎なのでうなずいた。

「まあ、そんなもんですね」

「うらやましいかぎりです。僕はいまだに独り身だ」

しみじみとした調子で打ち明けてきた男に、少しばかり興味を引かれた。かっちり固めたオールバックの髪型や流行のタイプではない眼鏡《めがね》が、歳より老けて見せているのかもしれない。いかにも頭がよさそうだが、がり勉型というより教養が深いという感じで、バーのカウンターの相客としては楽しい話し相手かもしれない。（俳優だと……誰《だれ》かな）……まあまあイイ男だ。

「セレブといった方のようにお見受けしますが」

そうくすぐってみると、男はうれしそうに紘一を見やってきて言った。

「多少の地位よりも、よきパートナーですよ。よき人生に必要なのは」

「わかります。俺もいちおう社長ですが、責任ばかりで気が休まるときがない」

「お若い社長さんだ」

男は好意的な表情でほほえんだ。

「零細ですよ」

「いま流行《はや》りのＩＴ関係のベンチャー起業家さんですかな？」

「そんないいもんじゃありません」

話の流れとして名刺を出すのは必然だった。

「こういう者です」

と渡した名刺を、男はしげしげと眺めて言った。

「紘一さん、ですか……この『紘』という字は、冠の顎紐《あごひも》ですとか、張り渡した綱の意味ですね。『八紘一宇《はっこういちう》』の八紘は、四方八方の『八方』とおなじで全世界という意味だ」

葬儀屋社長という肩書きよりも、名前に眼を付けて話題にしてきた男に、好感を持った。こういう反応をしてくれた人は初めてだ。

「冠が落ちないように留めておくための紐ですか。なるほど、俺の立場を言い当ててますよ。親代々の家業を継ぐために生まれたようなもんで。冠というより、看板の吊《つ》り紐かな」

「ご苦労の多いご商売でしょう」

という労《いた》わりのコメントもありがたかった。

「それで、あんたはどなたさん?」

頭の後ろから突然割り込んできた英真の声に、飛び上がるほどびっくりした。

「な、なんだ、脅かすなよ。客は済んだのか?」

振り返れば英真は、腕組みした格好の不機嫌な顔で男を睨《にら》んでいて、化粧は落としている口をひらいていわく。

「目の前で彼氏がナンパ食らってちゃ、仕事どころじゃないってェの」

えっと自分の目が丸くなったのを感じたところへ、

「おまけにだんだん警戒心も解けてきてしまっているしねえ」

男が余裕たっぷりに笑いながら返し、紘一はボッと赤くなった。そういえば、彼はナンパを仕掛けてきたホモだったのだ。

「い、いや、俺はその」

口ごもった紘一をよそに、

「純情な人ですね、彼は。それに少し世間知らずだ」

そんなコメントをいやみなく笑って言いながら、男はコートの内ポケットを探って金張りの名刺入れを取り出し、一枚抜いて英真に差し出した。

「僕はこういう者です」

「いりません」

と英真が断わったので、男は名刺を紘一の手元に置いた。そう来れば読むのが人情である。

「大蔵官僚!?」

と驚いた。

「名刺なんて百枚千円でどうにでも作れるさ」

英真がもっともな疑義を出し、紘一も（そうだな）と思った。もし本物なら、道端でナンパした男に簡単に教えられるような肩書きではない。強請《ゆす》りたかりのいいネタになる。

「本物ですよ」

男はにこやかにうそぶき、タバコの箱とライターをポケットにさらい込みながら、

「名前も職も本当です」

と続けて、椅子から腰を上げた。

「楽しい時間をありがとう。おかげでいい休日になった。気が向いたら電話をください。いいバーを知っている」

それから、

「お二人でどうぞ」

と含み笑いつきで言い添えると、椅子の背にかけてあったステッキをつきつき、足に障害がある歩き方で悠然と立ち去った。

見送っていた頭を、

「何やってんだよ」

と小突かれて、

「驚いてたんだよ」

と返した。

「ホモって、こんなとこにもいるんだなァ」

「おまえが道端でアホな真似をしてるからさ」

「らしいな」

苦笑して、紘一はテーブルから取り上げたパンジーの花束を英真に差し出した。

「おまえにやろうと思って買ったんだ。ウェルカム・ブーケっていうか、歓迎会には花でもあったほうがいいかなと思ってよ」

英真が手を出してこないので、言い添えた。

「春らしいと思って選んだだけだったんだが、そういう意味があるんだってな。水島が教えてくれた。おかげでナンパに引っかからないで済んだぜ」

「それ持って帰れ」

英真は冷たく言って、きびすを返した。

「待てよ」

あわてて腰を浮かせた紘一に、

「客を待たせてる」

と答えた英真は、飲みに誘ってやった件は忘れているようだ。

「待てって！　ほら、待ち合わせの時間を決めてなかったから、相談しに来たんだ。今夜の飲み会、オッケーだろ!?」

「おまえのおごりならな」

英真は言って、歩き出しながらつけくわえた。

「六時に来い」

「六時だな!?　約束だぞ！」

英真は肩越しにひらひらと手を振ってみせ、数人の列ができている商売場所に戻っていった。

「ほんとに客が来るもんなんだなァ」

呆《あき》れ笑いをして、紘一はよいせと立ち上がった。長待ちのせいで尻が痛いが、気分は上々だ。

英真との待ち合わせ時間をうれしく反芻《はんすう》しながら、どこへ連れて行こうかという楽しい算段に入った紘一の顔は、いまにもスキップでもしそうにゆるんでいる。


仕事着以外のスーツというのは、大学時代に買った一着があるだけで、しかも久々に引っぱり出してみたところが、やくざかホストにしか見えないような派手なダブルだった。

「うっわ、マジかよ。俺こんなの着てたのかァ!?」

一人で赤面したが、自分で選んで買った記憶がある。あのころはとにかく『葬儀屋の息子には見えない』自分を演出するのに懸命だったのだ。

「しょうがねェ、ジーンズで行こう」

びしっと決めたいのは山々だが、こんなものを着ていったら英真は大笑いするだろう。

しかし休日着といっても、ろくな手持ちがなかった。社長業に就いてからは、どこに行くにも黒服で、ＴＰＯへの対応はもっぱらネクタイの色でやっている。いつ急に仕事の呼び出しが入るかわからないからだ。出先で連絡を受けたときにも、ポケットに常備の黒ネクタイに締め替えさえすれば、わざわざ社に戻らずに先方へ飛んでいけるという便利さに、いつしか黒しか着ない男になっていた。

よって普段着といえば、自宅でのくつろぎ着程度の物しか持っていなくて、家ではもっぱらジャージ類を愛用している。姉たちにオヤジくさいと嗤《わら》われる不精が、いまは身にしみる。

しかし、新しい服を調達しに行けるような金もなかった。雇用主である紘一も月給制ではあるのだが、会社の会計から支給されるそれは、泉谷家《いずみや》の収入として母親が握っている。紘一が自由にできるのは月二万円の小遣いのみで、一日一箱のタバコを買い、居酒屋に一回飲みに行けば消える。

だが贅沢《ぜいたく》は言えなかった。華やかな銀座通りの裏側には、昼夜で人口が激変する都心型の過疎化の進行という問題があり、住民が減れば葬式も減る。斎葬祭の業績が今後アップする見込みはない。

「親父《おやじ》のもんがなんかねェかな」

と思いついて、部屋を出た。三年前に亡くなった父の善太郎《ぜんたろう》は、女道楽のシャレ者で、背広は誂《あつら》えで作るような人物だった。父よりだいぶ背が高い紘一には着られないので、スーツやズボンは大方誰かに形見分けしてしまったようだが、カシミアのマフラーやネクタイなどは紘一がありがたく使っている。そんな父の遺品の中に、シャレた感じの上等なセーターが何着かあった気がするのだ。

物置に入り込んで、手前ほど新しい堆積物《たいせきぶつ》を掻《か》き分けて衣装箱の山にたどりついた。透明で中が見えるプラスチック製の衣装箱の中身を、下から順に覗《のぞ》いていって、上から二番目のボックスがそれらしいのを見つけた。引っぱり出して蓋《ふた》をあけると、きつい樟脳《しょうのう》の臭いがつんと鼻を衝《つ》いた。

どれも父が着ていた覚えがあるカーディガンやベスト、セーターといったニット類を掻き回して、着られそうな何点かを取り出した。背は息子が十センチほど追い越したが、恰幅《かっぷく》は父のほうがあったので、サイズはどれもLだ。手編みらしい一枚にはサイズを書いたタグはついていなかったが、体に当ててみたところではちょうどいい。色も気に入った。保存もいいし、樟脳臭ささえ抜けば充分使える。

「これもらうぜ、親父」

衣装箱を元に戻し、収穫品を抱えて物置を出た。部屋の前の廊下で母親と行き会った。

「あら、それ」

「親父のもらうよ。着るもんがない」

「いいけど、いつ着るの？」

「今夜」

「臭いが抜けるかしらね」

と母親は顔をしかめた。

「かしなさい、屋上に出しといてみるわ」

「いいよ、自分でやる」

斎場の後片づけを母たちに任せてしまった後ろめたさがある。

「そういえばあんた、よそ行きのスーツなんて持ってないわよね。一着作る?」

言ってもらってありがたくはあるが、

「着るときがないから、いいよ」

である。

「それより小遣い値上げしてくれねェ?」

「そうよねェ、デート代もいるわよねェ」

と考え込んだ母親は、今夜の外出をそんな意味に取っているようだ。デートなどではないただの飲み会だが、相手は母親から釘《くぎ》を刺されていた英真である。気まずい思いでいた紘一に、
母親は同情口調で言った。

「和《かず》ちゃんたちはアルバイトにも行けるけど、あんたはそういうわけにも行かないしねェ」

チャンスである。

「とりあえず一万貸して」

と拝んでみせたら、

「台所のお財布から持っていっていいわ」

というお許しが出た。

「英真くんたちと飲むんでしょ？」

うわお、バレてる。いや、だが、

「たち、って？」

「千島《ちしま》くんと水島くんじゃないの？　斉藤くんは英真くんと仲が悪いみたいだから」

母親は言ってつけくわえた。

「千島くんと英真くんのぶんはあんたがおごらなきゃしょうがないでしょうから、二万持って行きなさい」

ありがたいお言葉だったが、英真の株上げのために、

「いや、英真はけっこう稼いでくるよ」

と教えておいた。

「そこのホコテンで店出してたが、女の子の列ができてた」

「へえ、占いって儲《もう》かるのね」

興味を惹《ひ》かれたらしい母親に、

「母さんのタロットは当たらないから、やめとけよ」

と忠告してやって屋上に向かった。

前後左右を高い建物に囲まれている斎葬祭ビルの屋上は、太陽光線で洗濯物を乾かすには向

かないが、風干しぐらいの役には立つ。樟脳臭いタートルネックセーターをハンガーにかけて、飛ばないように物干しに吊るし、紘一はとぼとぼと部屋に戻った。千島と水島も来るなら、いよいよあの花は持っては行けないではないか。せっかく用意したのに、がっかりだ。

六時ちょうどに英真と合流し、やっぱり来るんだそうな二人を待った。歩行者天国が終わって車が流れ始めた大通りを眺めながら、歩道に引き上げた斎葬祭の名前入りの折りたたみ椅子に腰掛けて、待つ暇つぶしのおしゃべりをした。

少し風が出てきて寒い夜だが、英真は平気な顔をしている。雪に埋もれる青森《あおもり》の冬に比べたら、こっちは楽でいい、と言う。

「紘一おまえ、虫除け臭いぞ」

と顔をしかめられて、ほかに着る物がなかったのだと言いわけした。

「それ中古だろ？　手編みの中古なんて、よく買うね」

「いや、親父のさ」

「うっわ、なおさらよくねェや。首でも絞められないうちに、何か買って着替えろ」

「……憑《つ》いてるのか」

英真の口ぶりからすると、どうやらそうらしいので、眼を凝らして肩や腹のあたりを視《み》てみたが、憑き物がいるとしたら背中らしかった。

「あー、おまえでも視えはしねェと思うよ。霊ってほどはまとまってない、残留思念みたいなもんだから」

「へえ……どんな?」

「いや待った、呪《のろ》いだね、これは。『この人はあたしのものだ、誰も触るな』って調子の。紘一には発動しないなら、守りになるかもな」

「脱ぐ」

「ま、それが無難だな。こう言っちゃなんだが、たぶんそれ、おばさんの作じゃねェから」

「決まってる。おふくろは編み物なんかしないからな、親父の愛人の誰かだろ」

夜の銀座は、大通りから一本入った飲み屋街に人通りが移り、二人がいる歩道は閑散としている。寒風が吹く中、街灯が明々と照らしている下で、椅子に腰掛けてしゃべっている自分たちは、はたからはよほどの物好きに見えているだろう。

「おまえんとこもいろいろあったんだな」

ふわりとやわらかいなぐさめ声で英真が言い、紘一は苦笑を添えて返した。

「親父の女遊びは町内でも有名だったろ? 二号から四号ぐらいまでいたこともあって、おふくろは年中カリカリしてたな」

そんな女たちの誰かが編んだセーターを、夫の遺品として大事にしまっておく母親の心情は、思えばよくわからない。本妻としての矜持《きょうじ》とかいうことなのだろうか。

「でもって息子は男に走るってか？　やめとけよ、おばさんが気の毒だ」

昼間の失敗を蒸し返してのからかいに、紘一はやめてくれよと苦笑した。

「おまえのほうはどうなんだ？　その、つき合ってるカノジョとか」

「俺は女は苦手なんだよなァ。すぐ泣くし、やさしくすればつけ上がるし、とてもじゃないけど扱いきれねェよ」

「なんだ、つき合った経験があるんじゃないか」

「そっちはどうなんだよ」

「あの仕事を始めてからはさっぱりだな。大学時代もふられっぱなしだし」

「へえ。おまえ、いい男なのにな」

「だろ？　見る目がないよなァ、女どもは」

「おふくろさんや姉さんたちと同居で、子どもは三人欲しい、とか言ったんだろ」

「そんな話まで行く前に、葬儀屋の息子だってところでチョンさ。現代の日本にも職業差別は厳然として存在してるんだぜ」

「ははははは。けど俺ほど胡散《うさん》臭くはないぜ？」

「ああ、こっちは公的資格だからな」

「へえ？　そんなのあったんだ。一級葬儀師とか？」

「葬祭ディレクターっていうんだよ。厚生労働省の認定資格で、実務経験二年以上で二級の認定試験が受けられる。実務五年以上か、二級を取ってから二年以上で一級が取れる」

「ふうん、紘一は？」

「去年、二級を取った」

「社長になる前から仕事は手伝ってたんじゃないのか？」

「大学時代は深夜から朝までしか家にはいなかったさ」

「なんだよ、てっきり家を手伝う孝行息子かと思ってたら」

「親父がぽっくりいかなきゃ、『角紅《かくべに》』に就職するはずだったんだ。内定は取れてたからな」

「商社の？　ひゅうっ、優秀だったんだ」

「まあな。……それにしても遅いな」

水島も千島もいっこうにあらわれない。時間はもう六時半近くなっている。

ピーポーという救急車のサイレンが近づいてきて、赤いランプをひらめかした白い車体が目の前を走り去った。乗っていた患者は年寄りか若者か……あるいは子どもかもしれない。病院に運ばれて助かる患者もいれば、そうでない人もいるだろう。助かってくれるといい。

救急車を見るたびに、紘一がそんなふうに考えるのは、葬儀屋という職業柄なのだろう。この仕事に就く前は、サイレンを鳴らして通り過ぎる救急車を見ても特にどうとは思わなかったから。

それがいままでは、疾走していく白い車体を見送るたびに（人間はいつでも死と隣り合わせだ）と実感する。父親の急死や、突然の事故死で遺族も死者も呆然としているような葬儀を執り行してきた経験が、それを教えた。

　自分や英真にしても、いまはこうしていても、明日もおなじように元気で生きている保証は何もないのだ。この世は『一期一会《いちごいちえ》』……いまというときは二度とめぐってこない。

　などとついつい浸っていたら、英真が言った。

「いまのは『生き』だな」

「え？　何が？」

「救急車の中身さ」

「わかんのか!?」

「見りゃわかる」

「へえ！　すごいな」

「やな能力だぜ？　うっかり死期が近い人間なんか見ちまうと」

「あ……死相が見えるってやつか？」

「まあな。ンで、何時だ？　まだ待つのかよ」

「水島に電話してみよう」

　プッシュした番号を呼び出し始めた電話を耳に当てた。コール四回でつながった。

「おう水島、いまどこだ？」

《千島と飲んでるよ》
「なんだ、そりゃ！　さんざん待っててやったのに！」
《うっそ、マジで⁉　いまどこよ！》
甲高いキンキン声に顔をしかめたが、携帯は耳から離すと聞こえない。
「だから待ち合わせ場所」
《馬っ鹿じゃない⁉　何考えてんのさ！　こっちは気を利かせてやってんのに》
「気を利かせるってなんだよ。おまえと千島も来るっていうから」
《それじゃ花買ってった意味がないだろ⁉》
「ああ、おまえら来ないんなら持ってくるんだったよ」
《なんだよ、もー！　口説きのアイテムに買ったんだろ？》
「は？　ばっか、そんなんじゃねェよ」
言いつつ、思わず昼間のキスを思い出してしまった。さらに昨夜のことまで！
《あっそ、はいはい。とにかく、そっちは二人で行きなね》
「だったらそう言っとけよ、仕事が長引いてんのかと思ってたぜ。じゃあな」
《ほんっとも｜、おまえって要領悪すぎっ》
キャラキャラと笑い叫んで水島は電話を切り、紘一は携帯電話をしまって立ち上がった。
「ンじゃま、行こうぜ」

「水島たちは？」

「来ないってよ」

「なんでよ」

「知らね。なんか気を利かせたつもりらしいが」

「そういや、あの花、水島のとこで買ったとか言ってたな」

「ああ」

「おまえ、誤解されてるぞ」

「あ？」

「ニブッ」

と軽蔑《けいべつ》顔で吐き捨てられて、「あ……」とわかったが、口をひらいたとたんに鼻がむずっとしてハクシュッと出た。

「いいかげん冷えたな。行こうぜ」

英真をうながして立ち上がって、はたと気づいた。

「椅子、置いてこないと」

だが家まで戻るのは馬鹿らしい。

見まわして、銀座堂タバコ店がまだ開いてるのを見つけた。椅子をたたんで二脚とも抱えて歩き出した。

商店組合の会合で顔なじみの銀座堂の店主は、紘一の頼みを快く引き受けてくれた。パイプを並べたガラスカウンターの奥に椅子を持ち込んで、「よろしく」と頭を下げた。

「カノジョかい？　美人だね。昼間、占いの店を出してるのを見かけたが」

愛用のパイプをくわえた口で、スタジアムバッグを手に店の外に立っている英真を話題にしてきた銀座堂さんに、

「英真ですよ」

と教えてやった。

「昔うちの裏に住んでた『拝み屋』の英真です」

「へえっ！　あの悪ザルかいっ⁉」

ロマンスグレーの老舗《しにせ》店主はパイプを落っことしそうになり、紘一は笑って代弁した。

「俺も最初は見違えましたよ。いまは更生してまじめになってますんで、よろしく」

「ふうん」

と疑わしそうな顔をされたが、まあしかたないだろう。椅子の預け賃代わりに、ラッキーストライクと缶ピースを一つずつ買って店を出た。そういえば、洋モクもそろっている店なのだから、昼間の男のタバコの銘柄を見てくれればよかったと思いついたが、わざわざ取って返すほどの興味ではない。

「ほい、缶ピー」

「え、あったんだ?」

「吸い過ぎんなよ」

というやり取りで歩き出した。

新橋《しんばし》まで歩いて、まだ開いていた駅の近くの洋品店でバーゲン品のセーターを買った。さっそく着替えて、手編みのほうを袋に入れてもらった。たとえいわくつきでも、母親が大事にしまっていた父親の形見を、断わりもなく捨ててしまうわけには行かない。

店を出て歩き出してから気がついた。

「ん? そういや首が苦しかったな。サイズのせいか?」

こんどのもおなじタートルネックスタイルなのだが、首を締めつける感じはしない。

「おまえニブすぎ」

と英真に苦笑いされて、気のせいじゃないのかと頭を掻いた。

「そういやおまえ、除霊ができるんだろ? ちょいちょいと祓《はら》ってくれりゃ、飲み代割《さ》かないでも済んだんじゃないか?」

「あいにくお疲れなんだよ。二十人ばかり面倒見たもんで」

「ああいうのって、体力使うのか?」

「気力も体力もな」

「じゃあ、飲み過ぎんなよ」

と釘を刺して、なじみの『福家《ふくや》』の縄のれんをくぐった。

小料理『福家』は真新しい雑居ビルが林立する中にひっそりと挟まった、煤《すす》けた木造二階家の一階にある。古びた縄のれんがかかったガラス戸をガタピシとあけて入った三和土《たたき》間は、テーブル席もカウンターも満員だったが、紘一はかまわず奥へと進んだ。小座敷を予約してあるのだ。

「よっ、社長、らっしぇえ！」

伝法に声をかけてきたおやじさんに、

「すんません、遅くなった。それと人数減ったんですけど」

とあいさつして、この店の特等席である四畳半の座敷に上がった。

「へえ……渋い店知ってるんだね」

感心顔できょろきょろしながら上がってきた英真は、紘一の向かいの席に座ったが、なんとなく緊張した顔でいるようすは、初めての場所に来た猫のようだ。

「まずはビールか？　中ナマでいいな？　つまみは何にする？」

「俺は何でも」

「おまえの好物って知らないんだよ」

「食えるもんはぜんぶだよ」

「じゃあ適当に見繕うぞ」

注文を取りに来た女将《おかみ》さんに、生ビールと五種類ばかりの料理を頼んで、灰皿を引き寄せた。歩きタバコは禁止になっているおかげで、喫煙者は不自由だ。英真もバッグから缶入りピースを取り出した。口開けの一本をうれしそうにくわえたところへライターの火を差し出してやると、照れたように目を細めて吸い点《つ》けた。

「あ〜……やっぱ美味《うま》い〜」

「匂いはいいよな」

「それ言うんなら香りだろ」

生ビールがやってきたので、「乾杯」とジョッキを合わせて飲み始めた。銀座から歩いてきて喉《のど》が渇いていたので、一気に半分ばかりあけた。英真もあっさり飲み干しそうだ。

「ビール党か？　酒頼むか？　焼　酎《しょうちゅう》もあるが」

「冬は熱燗《あつかん》だろ」

ということで、女将さんを呼んで燗酒を頼んだ。

お通しの切り干し大根をつまみながらジョッキをあけたところで、肴《さかな》と熱々の二合徳利がやってきて、本格的に飲み始めた。

「ところでおまえ、恐　山《おそれざん》でイタコやってたってマジか？」

そんな話を持ち出したのは、おしゃべりのきっかけにしようとしただけで他意はなかった。

「怪しい宗教団体の専属イタコをやってた」

英真は答えて、二本目の両切りピースを取り出しながら続けた。

「霊感商法で荒稼ぎしてた教祖様が、詐欺《さぎ》で訴えられて有罪判決を食らってよ。教団もポシャって路頭に迷ったんで、帰ってきたんだ」

「へえ……」

と紘一は目を丸くし、英真は冷たい表情で苦笑した。

「俺は告訴はされなかったが、詐欺師と思ってる信者さんもいるだろうな。霊能力なんて、信じないやつには証明のしようがない分野だから。後ろから刺されても文句も言えない」

そう自嘲《じちょう》して、

「ま、そんなわけだから」

とタバコをくわえて火をつけた。ふうっと吐いた煙の向こうで言った。

「俺には関わらないほうがいい」

その投げやりっぽい態度にむっと来て、紘一は言った。

「告訴されてないなら、指名手配ってこともないだろ？」

「おまえの商売は信用第一だろ？」

英真はやり返してきて、続けた。

「友達は選べって、ママにも言われたろ？　お坊ちゃま」

「なんだよ、おふくろに何か言われたのか?」

「いや。昔とおんなじに親切だったぜ、おばさんは」

では口では言わずに態度でチクチクやってくれたのだ。

「すまん」

紘一は膝《ひざ》に手をついて頭を下げた。

「おまえが導師やってくれて、うちは大助かりだったのによ。おふくろにはよく言っとく」

「いいって」

英真はくわえタバコの煙に目を眇《すが》めながら、迷惑そうに手を振った。

「こっちも下心ありの渡りに船だったから乗っただけさ。せっかくおまえ喰《く》ったのに、覚えてねェってのがナンだけどな」

ややや厚めなところが色っぽい形のいい唇を、ヤンキー風にひん曲げてのセリフは、その口にフェラされた昨夜の感触を股間《こかん》でフラッシュバックさせ、紘一は思わず前かがみになった。

「なんだよ、思い出し勃《だ》ちするほどヨカッたか?」

とからかわれてムカッとし、

「プロはだしだったな」

とやり返した。ついでに、

「そっちも商売にしてたんじゃないのか?」

とまで言ってしまったのは、昨夜のことには触れてはいけないような気がして、こちらからは口にしなかった心遣いを、嗤《わら》う恰好で無にされたからだ。

「さあな。かもしれねェな」

英真はタバコ片手に大ぶりのぐい飲みを傾けながらうそぶき、そのふてぶてしさに紘一の心の中から遠慮が消えた。

「セフレなんて、よく平気だな。ヤるだけのつき合いってことだろ？」

「ははっ、おまえは『結婚を前提に』しねェと手も握れないんだろ。ヤんのは『愛の行為』ってか？　堅《か》ったいね〜、さすがお坊ちゃま」

「悪かったな。あいにくと風俗に行ったこともあるって」

「うっわ似合わねェ。モテねェわけじゃなかろうに」

それは皮肉ではなかったので、

「ま、つき合いで行ったんだけどな」

と打ち明けた。

「基本的に、ああいうとこはダメだな、俺は」

「ふふ、紘一はそうじゃなくっちゃよ」

「顔だけでも好みの女がいりゃァ、まだいいが」

「よせよせ、抜きたいだけなら俺が面倒見てやるから」

「おまえなァ、その顔でそういう下品なこと言うなよ。黙って澄ましてりゃ」

「後光が差して見えるチョーゼツ美青年ってか？　ま、教団じゃ守護天使様だったからな」

「ぶっ！　なんだそりゃ」

思わず噴いてしまった酒をおしぼりで拭《ふ》きながら、そう笑った。英真のぐい飲みが空なのに気がついて、注《つ》いでやろうと徳利を取り上げたが、もう二本とも空になっていた。

「女将さ〜ん、酒くださ〜い！」

と怒鳴っておいて、話に戻った。

「天使様ってことは、白いずるずる着て背中には羽か？」

「おう、頭には金の輪っかな」

「ヘアバンドにつけたピアノ線で支えてあって、こう、ふよんふよん揺れるって？」

「ぶはっ！　それじゃ変過ぎだろ〜」

ケタケタと笑い転げた英真は、きれいな顔が子どもっぽい可愛《かわい》さを帯びて、もっと笑わせたくなった。

「でもって、輪っかは蛍光ピンクかなんかに光るんだろ」

「クックックックッ！」

「羽は、紐引っぱるとバサバサ動いて？」

「そ、それいいっ、いいいっ！」

「でもって、スモーク焚《た》いた中にゴンドラで降りて来るんだよな、しずしずと」

「グハハハハハハハハッ！」

テーブルに突っ伏して笑い悶《もだ》える英真の、長い髪がするりと首筋をすべり落ちてうなじが見えた。抜けるように白い肌がほんのり桜色に染まったうなじは、女よりきれいで色っぽくて、紘一の欲情中枢を直撃した。

そうとも知らず英真は、まだ笑いながら身を起こし、

「あーもー、暑いったら」

とトレーナーを脱ぎ始めた。下は黒のタンクトップ一枚で、首筋に風を入れようとするように背に流れる長い髪を腕で掻き上げた拍子に、腋《わき》の下の茂みがあらわに見えた。

それはまるで、抱きたい女の陰毛を垣間《かいま》見たような、ひどく煽情的《せんじようてき》な眺めとして紘一の目に焼きつき、ここしばらく感じたことがないような熱い興奮が湧《わ》き上がった。

四本目の徳利を持ち上げながら、

「なあ」

と呼んだ声は唾《つば》が絡んでひび割れた。

差し出した徳利をぐい飲みで受けた英真は、笑みを残した流し目で紘一を見やってきて、

「ん？」

と誘うように首を傾《かし》げてみせた。

「ちょっと待て、そっち行く」

立ち上がってテーブルをまわり、英真の隣に座り直した。

「なんだよ、暑苦しい」

と英真が引いた肩を、腕をまわして抱き寄せた。

「え？　なに」

とこちらを向いた顔の、色っぽい唇を見つめながら顔を寄せ、口に口を押し当てて唇を舌で押し開いた。扉は思いどおりすなおにひらき、紘一は否応なく高まる興奮に鼻息が荒いのを自覚しながら、酒の匂いがする口腔をむさぼり弄《まさぐ》った。

「……ちょっと、もう〜」

キスから解放されたとたん、文句声で言った口をもう一度口で塞《ふさ》いだ紘一の手は、快感を求める本能のままに英真の細い体をまさぐり、指先がぷつんと硬い乳首に触れた。

「うっ」

と英真が息を呑《の》み、次の瞬間、

「ばかっ」

と突き飛ばされた。

「なに考えてんだ、この酔っ払いっ」

あとから思えば英真の言うとおり、酔って理性のタガがゆるみきっていたのだろうが、そのときの紘一はそんな自分に気づかなかった。

「おまえがン～なに色っぽいからだろうがよ」

そう訴えて、続きをさせろと迫り寄った。

「ばかっ、ここはそういう店じゃねェだろっ」

「あ～？　そっか、そうだな。よし、出るぞ！　んでホテルだ、ホテル～！」

「しっ！　わかったからデカい声出すなっ」

「おう。あー……財布はどこだ？」

「コートを着ろ、コート」

「ん、あい」

「それじゃさかさまだっての」

「ん～？　あー……あれ～？」

「おら、かせよ」

コートを着せてもらって、靴も履かせてもらって、よろよろあちこちにぶつかるので英真が肩を借してくれて、ご機嫌で店を出た。

「あれ？　財布はどこだよ」

「もう払ったって」

「あ～？　俺がおごるって言ったろ？」

「ああ、ああ、次は倍おごらせるから」

「おうっ、任せろ！」

とこぶしを振り上げた拍子に、夜空に浮かんだ丸い月を見つけた。

「あひゃ〜、見ろ英真、い〜い月だ〜」

「はいはいそうかよ。おいっ、どこ行くんだよ！」

「ホテル。行くって言ったろ〜、ホッテル〜ゥ！　あっちだ、あっちィ！」

「わかった、わめくな！」

ビルに隠れてはあらわれる月を、「また会った」と指さし笑いながら道中を楽しみ、カノジョがいた時代に何度か来たラブホテルに入った。

無人フロントの自動支払機にうまく札を入れられなくて笑い出し、英真に「騒ぐな」と怒られながらエレベーターに乗った。

部屋に入るとまずはベッドに倒れ込み、大の字に体を伸ばす気持ちよさに浸った。

「おい、コート脱げよ」

「オッケーオッケー」

「なァにがオッケーだ、ほら起きて。腕上げろ」

「うお〜い」

「よし。んじゃ寝ろ」

「ん、カモン英真〜」

「やらねェよ、酔っ払い」

「酔ってはいるが酔っ払っちゃいないさ。おまえは『拝み屋』の英真で、男で、俺も男。あー、なんか久しぶりにいい気分だ」

「……おまえの酒癖って、カワイイのな。ガキに戻るんだ」

「十年ぶりなのになあ、なんでか、おまえといると楽だなあ」

「社長だからって背伸びしてるんだろ」

「なあ、ずっといろよ。しょっちゅう会って、こうやって飲んでさァ」

「貧乏社長のくせに？」

手を伸ばして、頭の横に腰掛けている英真の手を握った。

「斉藤たちのことなんか気にするなよ。水島は味方してくれてるし」

「一緒にこういうとこに入る仲になったりしたら、郁《いく》の意見も変わると思うぜ」

「そんなことねェよ。千島たちも来るっていうから花は置いてきちまったって言ったら、馬鹿かって。要領悪いって笑いやがってさ」

英真が言った。

「客商売は信用と評判だろ？」

だから恋はふつうに女としろ、と？　従うにやぶさかではないまともな忠告だが、いまは英真が抱きたい。この男と、誰よりも深い縁《えにし》を結びたい。

「親父が死んだとき、基本的人権として俺には逃げ出す権利もあったんだ。だがそれじゃおふくろが可哀想《かわいそう》だと思って、内定してた角紅を諦《あきら》めてウチを継いだ。

商社マンなら結婚相手も選《よ》り取り見取りだったろうが、葬儀屋に嫁に来る女なんかいまどきいねェってのも、覚悟の上でな」

「女もできないのは、おばさんの希望に従って家を継いだせいだから、グレてホモになってやる、ってか？」

そう皮肉ってきた英真に、

「そこまでガキかよ」

とやり返した。

「俺が言いたいのは、家業を継いだ時点で、長男としての親孝行は果たしたと考えてもいいだろってことだ」

「だから、あとは好きにする、って？　おばさんに通る理屈かなァ」

からかい口調で言ってはいたが、それも英真がためらう理由の一つなのだった。親との縁が薄い育ち方をした英真だから、かえってマザコン的な遠慮を感じるのだろう。

「知るかよ」

と切り返して、つけくわえた。

「俺としては、こんどはおふくろが譲る番だって主張するね。息子が選んだ幸せを認めろって」

「そりゃ逆効果だろ」

たしかにそのとおりかもしれないが、紘一はもう決めたのだ。理屈ではなく、心が英真にロックオンしている。それがはっきりとわかる。

「俺だってホモはヤバいってのはわかってるさ。けど、俺が手に入れたいのはおまえで、おまえが男なのは動かねェんだから、俺に選択の余地はない」

「あるさ、『友達』でいいじゃないか」

ポツリとつぶやくように言った英真の横顔は、あの侘《わ》びしそうな笑みを浮かべていた。作ったものではなく無意識に出てしまう、諦めの表情なのだと気がついた。

「セフレってか？　まあ、そこから始めたっていいけどな」

わざと声を張って言ってやった。

「要するに、俺とヤってみたいだけの話だろ、この酔っ払いが。後悔しても知らねェぞ」

英真の憎まれ口に笑い出しつつ、握った手を引いて抱き寄せた。

全裸になった英真の白い体はほっそりと引き締まって、胸も平らなら股間には男のしるしが縮こまっていたが、紘一はカノジョたちにも感じたことがないほどの熱い興奮がせり上げてくるのを覚えた。

英真の体はどこもかしこも敏感で、とくに乳首は感じるらしい。小さな乳頭を舐《な》め転がすと全身をビクビクと引き攣《つ》らせ、勃起《ぼっき》からは露がこぼれた。

「ちょっと手かせ」

「え……」

「もう待てない、手でしてくれないかな」

「しょうがねェな」

ささやくように言った英真が、何をしてくるか、期待がなかったわけではないが予想はしていなかった。昨夜のフェラはあの淫霊がやったことで、正気の英真がそれをするとは思わなかったのだ。

くわえられて吸いしごかれて、あっという間に放出した。

「おまえ、早ェって」

「たまってたんだよ。けど、これでゆっくり……と思ったが、もう勃ってきやがった」

「性春小僧め」

英真のリードで慎重にインサートしたが、途中で何度か波をやり過ごさなければならなかった。

「ちょっ……い待ちっ」

「きつくて痛ェか？　おまえのけっこうデカいから」

「じゃなくて、イキそ……でっ……ふう」

「イッていいぞ。俺、安全日だから中出しＯＫ」

「プッ！　わ、笑わせんなよ、マジ、ヤバいんだって」

「くっそ、可愛いじゃねェかよ、紘一のくせにっ」

「痛ェか？　無理そうか？」

「も、だめだっ」

とささやき漏《も》らしたと思うと、英真は腰を動かし始めた。

「あっ、うっ！」

「くそっ、この馬鹿野郎っ」

「い、いいのかっ？　いいかっ？」

「うん、うんっ、ああっ！」

高く声を放った瞬間、英真は豹変《ひょうへん》した。まるで昨夜の女が乗り移ったかのように、腰を振り立てて紘一をイカせ、自分もイキながらふたたび紘一を勃たせ、無我夢中にむさぼった。

紘一もわれを忘れた。女だったら壊れてしまうような突きで英真をむせび泣かせ、何度イッてもイキ足りなくて、くり返し絡み合った。

カノジョとして三人、つき合いでつれて行かれた風俗で二人、女を知っていたが、英真とのセックスは熱っぽさが違い、通じ方が違い、楽さが違った。

男は女の前では自分を繕う。魅力的な彼氏であろう、カッコいい男であろうとして背伸びをし見栄を張り、女よりずっと剝き出しの性欲を抱える即物的な存在である自分を、女たちの理想に合わせて取り繕う。嫌われないように女の機嫌を窺《うかが》いながらセーブしながら抱くのが、紘一がこれまで経験してきたセックスだった。

だが男同士には、そんな虚飾は必要なかった。いや、英真が取り繕わないから、紘一もそうできたのかもしれないが……たがいの体で思う存分に快感を追う、見栄も行儀よさもかなぐり捨てていいセックスというのは、紘一にはひどく新鮮だったし、その解放感というのは癖になること確実だった。

怒濤《どとう》のような欲情の嵐が過ぎ去って、浜辺に打ち上げられた死にかけの魚のように横たわって、まだ収まらないおたがいの荒い息を聞いていた。

喘《あえ》ぐ合間に英真がくすっと笑ったのが聞こえて、ずっしり重たい体の首を捻《ね》じ曲げた。

「……ん？」

「……いや」

「……なんだよ」

「……なんでもないよ」

そう、言葉は必要ない。

腕を伸ばして英真の頭を抱き寄せて、タバコくさい息を吐いている口にそっと唇を押し当て

た。

「好きだぞ」

とささやいてやって、目を閉じた。どうにもこうにも体力の限界だった。

夜中に二度目が覚めて、肩を出して眠っている英真に布団《ふとん》をかけ直してやった。すうすうと息音を立てている寝顔が愛《いと》しくて、腕枕に抱え込んで眠りに戻った。

そして……携帯電話の呼び出し音で起こされた、朝。

英真は消えていた。置き手紙を残して。

『ゆうべはごちそうさん。よかったよ〜ん♡　そのうちデンワするからわざわざ探さないように。んじゃ、また』

小学生が殴り書きしたような書き置きを、紘一は「くそっ」と握りつぶした。

昨夜は酒のせいでずいぶんと大胆なことをやったという自覚はあるが、それを後悔する気持ちは不思議なほどに微塵《みじん》もない。会ったその日にベッドインというのに近い展開だったが、こうなったいまは、それが当然の成り行きだった気がしているのに、英真は、紘一の腕からすり抜けた。紘一がそれとなく描いていた、目が覚めたらキスであいさつをして二人で一日まったり過ごそうという楽しい思惑を、なんの断わりもなく置き去りにして。

「あンの野郎……っ、そうは問屋がおろすか」

ピリリリと、また携帯が鳴り出した。

「うるっせェんだよっ！」

と毒づきつつも電話を取ったのは、仕事の連絡用の着信音だったからだ。

「はい、俺」

と出たら、

《いまどこだ》

と来たので（相手は斉藤だ）、

「新橋」

と答えた。

《桔梗堂《ききょうどう》のおばあさんが亡くなって、うちに頼みたいそうだ。一時間以内に伺うと返事してある。行ってくれ》

おまえが行けと言いたかったが、桔梗堂といえば町内でもつき合いが長く、たとえよその斎場を使われての葬儀でも、手伝いに駆けつけなくてはならないぐらいの相手だ。まして斎葬祭でと言ってくれているなら、電話をもらって十分以内に飛んで行ってあたりまえ。

「わかった、すぐ帰る」

と答えて電話を切った。

「くそっ……くそっ、くっそォッ！」

とにもかくにもホテルを飛び出し、委細かまわず拾ったタクシーに飛び乗って、家に帰り着くやシャワー、髭剃《ひげそ》り、着替えて再ダッシュ。

一昨日、和尚《おしょう》が事故った四つ角から一本入った路地にある、桔梗堂の自宅玄関の呼び鈴を押した。家人があらわれるまでに深呼吸を何度かして悔やみ用の顔つきを作り、玄関をあけてくれた大奥さんに向かって深々と頭を下げた。

「お伺いするのが遅くなりまして申しわけありませんでした。初子《はつこ》奥様がお亡くなりとのこと、まことにご愁傷様でございます。私どもでお役に立てます限り、誠心誠意お務めさせていただきますので、なにとぞよろしくお願いいたします」

「い〜えいえェ、こちらこそ〜ォ。昨晩、急に容態が変わりましてねェ。もう九十七の大往生でございますから、主人もわたくしも前々から覚悟はしていたんでございますが、いざこうなりますとね〜ェ」

「はい、どちら様もそのようにおっしゃいます。打ち合わせは細かく詰めさせていただきますので、どうか何なりと」

「ありがとうございます。泉谷さんにそう言っていただけると、ほんとに心強いわァ。主人がお待ちしておりますので、どうぞお上がりくださいまし」

「失礼いたします」

桔梗堂の主人夫婦の依頼は、昔ながらの自宅での葬式だった。初子婆さんは寝付いていた自宅の隠居部屋で医師に看取《みと》られての、まさに畳の上での大往生だったそうで、打ち合わせは、白布をかぶせた遺体が北枕に寝かせてある立派な仏間で行った。

「今夜がお通夜で、明日のご葬儀という段取りでよろしいでしょうか?」

「よろしくお願いします」

母親を送るといっても、息子ももう七十前だ。今日も品のいい和服姿の主は落ち着いたようすでいて、奥さんのほうが目が赤かった。

「それでは、ご親戚《しんせき》へのご連絡と、遺影としてお飾りする初子様のお写真探しをお願いいたします。役所の手続きその他は当方でいたしますので」

「写真は母が自分で選んだのがありますから」

「ではお預かりして引き伸ばしをいたします。ご門には鯨幕をお引きしますか?」

「ええ、それとちょうちんも。父のときと同じようにしてやりたいんです」

「お父様がお亡くなりになられたのは、たしか……」

「昭和五十七年ですわ。あのころはまだ、葬式は家から出すのがふつうだった」

「ではしつらえにつきましては当時の記録も調べまして、見積もりをお持ちいたします」

「お願いします」

会社に戻る道すがら、紘一の頭は段取り作りにフル回転していた。まずは軽トラックの手配。医者から死亡診断書をもらっての火葬許可の手続きには藤子《ふじこ》姉に行ってもらい、母親には鯨幕やちょうちんの点検その他を頼み、写真や棺おけの発注は和子《かずこ》姉に……帰り着くや、斉藤に先方の意向を伝えて、見積もり作りにかからせた。

「デラックスで立てといてくれ」

「了解」

それから母たちを集めて段取りの打ち合わせ。

「千島くんに電話した？」

「いまからだ」

「私が電話しとく。あんたは郁ちゃんのほうやって」

「オッケ」

「お宗旨は日蓮宗だったわね」

「寺はどこだった？」

「ちょっと待って、ファイル見てみるから」

「あ、ねえ、お寺さんと喧嘩して菩提寺《ぼだいじ》を変えたって噂《うわさ》があったんじゃない？」

「う……水島に電話してから確認に行ってくる」

「社長、見積もり出たぞ」

「おう」

七時開式の通夜までに万端遺漏なく整えるために、紘一はその日一日、社と桔梗堂のあいだを何往復も駆けずりまわり、消えた英真のことを思い出す暇もなかった。

しかも翌日（めずらしいことに！）もう一件依頼が入り、桔梗堂の葬儀と並行して斎場での通夜を準備するという目が回るような忙しさとなった。

「斉藤、鈴木《すずき》家のほうの会葬返礼品は決まったか!?　それとお寺さんの宿泊の手配！」

「発注した！　宿は有楽町ホテル！」

「紘ちゃん、精進落としのお膳の数、三つ追加だって！」

「どっちの!?　ああ、いや、桔梗堂さんだな。斉藤、『魚勝《うおかつ》』に電話しとけ！」

「いくつ！」

「三つだよ、三つ！」

「社長、花、済んだよ」

「サンキュ水島、請求書置いてってってくれ！」

「紘ちゃん、もう行って！　十時半よ！」

桔梗堂の葬儀は十二時からだが、寺は十一時に来る。取り仕切り役のこちらはその前に行かなくてはならない。

「あ～っくそ、人手が足りねェッ」

ぼやきつつ事務所を飛び出そうとしたところへ、斉藤がポツリと言った。

「しかたない、住吉《すみよし》を呼ぶか」

「え!?」

と急ブレーキをかけて振り向いた。

「英真と連絡取れるのか!?」

「ああ、携帯番号を置いてった」

「早く言え!!　番号は!?　ああ、いや時間ねェ、斉藤、かけといてくれ！」

「あいよ」

そうか、あいつ携帯持ってたのか。だったら俺にも教えて行きゃいいのに……とか思いつつも、心は英真に会えるうれしさに小躍りしている。足取りも軽く階段を駆け下りたところで、千島に会った。

「行くぞ！」

とかけた声がわれながら弾んでいて、（ヤバッ）と思った。葬儀屋がにやけていては良識を疑われる。

千島が運転する霊柩車《れいきゅうしゃ》に同乗しての道中、母親に電話して英真の黒服の算段を頼んだ。

《お父さんの背広が着られないかしら》

「ああ、オッケーだろ。親父、百七十ぐらいだったよな。英真は百七十二だそうだ」

《じゃあ、ちょうどいいわね》

不服そうに鼻を鳴らして母親は電話を切り、紘一は苦笑いして携帯を閉じた。

どこから駆けつけてくれたのか、まだ会葬者の受付中にやって来た喪服姿の英真は、桔梗堂のバカ娘がハート形にした目で見蕩《みと》れていたような水際立った美男ぶりだった。

紘一を見て、ちらりと面映《おもはゆ》そうな目つきをしたのは、紘一にはラブサインに見えた。

(この男と、ああいうことしたんだ……)

と噛《か》み締めるように思ってみれば、やたらとうれしい。誇らしい。もちろん顔には出さなかった（はずだ！）が。

長い黒髪は首の後ろできっちりと結び、黒のスーツにホワイトシャツに黒ネクタイという、葬儀屋の定番を瀟洒《しょうしゃ》に着こなした英真は、まるで十年来の社員のようにてきぱきと受付をこなし、ほかにも仕事が待っている紘一は「ここは頼むぞ」とささやいてつけくわえた。

「やたら防虫剤臭いけどな」

「虫除けとしての効果はあんまないみてェ」

とささやき返してきた英真の向こう側には、いつの間にか桔梗堂のバカ娘が張りついている。

「親父の服だからな。女たらしのオーラがしみついてるんじゃないか？」

「んじゃ、おまえ公認ってことで」

「ばーか。うちの社員には倫理規定があんだよ」

「え、俺、社員？」

「だろ？　斉藤が招集かけたんだから」

「……まあ……いいけどな」

口の中でつぶやくように返してきた英真が、きゅっと顔つきを改めて頭を下げた。

「ご会葬ありがとうございます。こちらにご記帳をお願いいたします」

受付机の向こうに立った高田《たかだ》果物店の社長夫人は、まぶしそうにはにかみながら英真が差し出した筆ペンを受け取り、紘一は（くそっ）と思いながら自分の仕事に向かった。

これから先の俺の人生は『天気晴朗なれど波高し』だなと覚悟した。

『故ももんじい様ご葬儀』後日談

「はっきり言って、現実的じゃないね。九十九・九九パーセント、回収不可能」

『経理屋』斉藤達哉《さいとうたつや》はエクスクラメーションマーク三重づけの語調で断言し、『社長』の泉谷《いずみや》紘一《こういち》は「だよなあ」と弱気につぶやいた。泉谷は体格はいいし頭も悪くはないのだが、眼鏡《めがね》でモヤシの斉藤には中学生の昔から弱い。光治《こうじ》の観察によれば、斉藤のほうが何倍か性格が悪いので、根はお坊ちゃまのまじめですなおな泉谷は、とくに舌戦では太刀打ちできないのだ。

その諦《あきら》め顔に向かって、斉藤は容赦なく追い討ちをかけた。

「俺が回収は不可能だと言う理由の『その一』は、問題の赤字が出たのは、ウチの馬鹿アルバイトの確認ミスのせいだってのが明白なこと」

斬《き》りつけ口調の弾劾《だんがい》に、被告人の光治はフンとふんぞり返った。

「俺が払やいいんだろ、俺が払やァ」

「できもしないことを言うな」

斉藤はそう冷たく鼻を鳴らし、光治はやり返した。

「分割払いで弁償してやるよ」

「十回払いかい、二十回か?」

小憎らしく切り返してきた斉藤に、光治はロザリオを提げた胸に手を組んで考えてみた結果を正直に答えた。

「月千円の二十回払いなら、なんとかなるだろ」

『斎葬祭《いつきそうさい》』での一日二千円のアルバイト代で、神学校での生活雑費をまかなっている光治には、それが現実だ。なにせ零細もジリ貧の斎葬祭では、月に十件も葬式が入ることなど稀も稀。当然、光治の稼ぎも限られる。

全寮制の神学校生活は、最低限の衣食住は保証されているが、ただし衣料は夏用冬用の制服を一着ずつ与えられるだけ。着替えが欲しければ自費での調達となる。また下着や靴下やシェーバーの替え刃といった細々としたものまで支給されるわけではないし（じつは靴も自前だ）、携帯電話や外出にかかる費用も自腹である。さらに食事についても修道生活にふさわしい清貧メニューなので、いまどき青年には私費によるカロリー補塡《ほてん》が必須という状況の中……それらの必要をまかなう月々の小遣いは、バイトで稼ぐ二万円前後という窮乏生活を送っているのは、同期生の中では光治だけだ。

多少の仕送りも来ないのは、親の反対を押し切って入学した見返りとして勘当という制裁を食《く》らっているという自業自得によるものだが、斎葬祭での安バイトしかやらないのは光治が自分で決めたことだ。

それが、泉谷から声がかかればいつでも飛んでいける態勢でいるためだというのは、誰にも言っていないし言うつもりもない。親友として愛してやまない友人にひそかに尽くす楽しみは、秘めてこそ無上の旨《うま》みがあるのだから。

そんな光治の事情はむろん知らず、

「バイトを増やせよ、よそで」

というセリフに込めた生活向上への意欲を見せない者への軽蔑《けいべつ》を、鼻柱に寄せたしわで強調してみせて、斉藤は話を元に戻した。

「第二に、本名もわからない故人の実家をどうやって探し出すんだ?」

ちなみに何の話をしているかというと、一週間ほど前に斎葬祭で執り行った『ももんじい』という通称のホームレス男性の葬儀の、いわば後始末というか、後遺症というか……区が用意したケチケチ予算内で収めるためにバーゲン品の棺おけを使うはずだったところを、光治のうっかりミスで正価の品物を受け取ってしまい、会社に二万円の損失が出た。それを故人が気にして、遺族に払ってもらってくれと泉谷社長に申し入れてきたという……まあ世間ではあまり例がなさそうな事件についての、社としての対応を協議しているところだ。

じつは、いったんはナシになった話なのだが、故ももんじい爺《じい》さんの食い下がりがものすごく、このままでは未練のあまり悪霊になりそうだというので、協議が蒸し返されたのである。

「だからさ、本名も実家の住所もわかってるし、あとは電話番号だけ調べれば」

この話の言いだしっぺである住吉英真《すみよしえいしん》の言い分に、絶対反対派の斉藤はじろりと非難の目を向けた。

「おまえが言った住所は存在しないし、電話帳にも『舘林昭二郎《だてばやししょうじろう》』なんて名前はなかった」

「電話帳に載せてないだけだろ。それに住所は、住居表示変更で」

住吉の抵抗を、斉藤は鼻で笑った。

「だからとりあえず行ってみるしかない？　幽霊が道案内する？　ばかばかしい！　行きたきゃ自腹で行って来い。まあ無駄足に決まってるがな」

「おまえ、霊の存在を否定してると死んでから困るぞ」

忠告というよりせせら笑う調子で言った英真に、

「誰が否定した？　霊魂はあるし、幽霊もいるさ」

トレードマークの腕カバーを装着した腕を胸に組んで、斉藤は（おまえは馬鹿か）と哀れむ目つきで住吉を見下ろした。

「俺はただ、あいつらの言うことはいっさい信用しないだけだ」

ちなみに斉藤は、折りたたみ椅子《いす》に座った泉谷社長以下を前に、事務机に尻《しり》を預けた訓令態勢で君臨し、どっちが社長かわからない。もっとも幼馴染《おさななじ》みで学校では同級生だった四人なので、誰も自分たちのあいだに上下があるとは思っていないが。

「へえっ！　斉藤も霊感持ちかよ!?」

住吉が素《す》っ頓狂《とんきょう》な声を上げた。中学卒業と同時に姿を消し、先週、十年ぶりにひょっこり斎葬祭を訪ねてきた住吉は、ホームレス少年ばりに臭くて小汚かった十年前とは打って変わったブランド服着用の美青年に変身していたが、性格もずいぶんと変わったものだ。ふてぶてしさは相変わらずだが、陽気な声でよくしゃべるこいつからは、陰気で無口で粗暴だった昔の住吉は窺《うかが》えない。

もっとも、だからといって好感を持ってやる義理はないと、斉藤は考えているようだった。ちらりと漏《も》らした話では、小学生時代に斉藤を悩ましたそうな『コガネムシ』というあだ名は、住吉が原因らしく、斉藤はいまだに根に持っているらしいのだ。

ちなみに、くだんのあだ名を漢字で書くと『小金虫』だとか……五円十円にも騒ぎ立てるやつという意味で、泉谷からそれと聞いたときには言い得て妙だと思ったが、もちろん斉藤にはそんな感想は明かしてはいない。

「いまの言い方からすると、聴こえるタイプかよ。それとも視《み》える聴こえるの二重苦か?」

足を組んでえらそうに椅子の背にふんぞり返り、小ばかにしたようなしたり顔で尋ねた住吉に、斉藤はフフンと中指で銀ぶち眼鏡を押し上げた。

「おまえはどっちもらしいな。だからよけい騙《だま》されやすいんだ」

住吉はむっと唇を尖《とが》らせた。

「あのな、たしかに霊人にも嘘《うそ》つきはいるが、ももんじいはまともだぜ。ミソもくそも一緒にすんじゃねェよ、トーシロ野郎が」

「第三にだ」

斉藤は、住吉の抗議も悪口も無視して話を進めた。

「遺族になんて言って説明するんだ？　わが社でお世話させていただきました故人様のご葬儀につきまして、当方のミスで赤字が出ましたところ、故人様から、ご遺族にお支払い願うようとのありがたいお申し出がありまして、かく参上いたしました。ご死亡のお知らせ、ならびにご葬儀のご案内をいたしませんでしたのは、故人様がご生前にはご本名もご実家のこともお隠しになられていたからでして」

「とか言ったら当然、じゃあどうやって知ったんだ、って話になるな」

口をはさんだ光治に、泉谷がうなずいた。

「幽霊に聞きました、じゃァ通用しないだろうな、ふつうは」

ふつうは、に力が入ったのは無意識だろうが、（たしかにここはふつうじゃないな）と光治は思った。

葬儀屋の社員が霊感を持っている必要はないし、有限会社『斎葬祭』が採用基準としてそうした能力を求めたわけでもなかろうが、いまの斉藤の自己申告で、ここにいる四人全員が霊能力の持ち主であることが判明したのだ。

雑用係のアルバイト社員である光治自身は、モノの気配に敏感で、とくに邪悪な気配はコンマppm程度にかすかでも感じ取る。一種言いようのない悪寒を感じるのだ。その才能があるので、エクソシスト志望という子どものころからの夢を、是非にも叶《かな》える覚悟でいる。しょっちゅうぞわぞわと悪寒を感じて落ち着かない暮らしを改善するには、自力で悪魔祓《ばら》いをできるようになることだと考えているからだ。

また社長の泉谷は、視ようと思えば霊が視えるそうだし、社員ではないがこの一週間、身内顔でしょっちゅう来ている住吉は、恐山《おそれざん》でイタコをやっていたとかで、自由に霊を自分の体に降ろしたり帰らせたりできるという霊媒である。

だが、そうした霊への知覚能力を持つ人間というのは、世間ではごく少数にとどまる。故ももんじい爺さんの遺族が、その他大多数の霊能力とは縁がない一般ピープルに属するであろうことは、当然覚悟していなくてはならない。

「そんなの、遺品を片づけてたら書付が出てきたとかなんとか言っときゃいいさ」

住吉が提案したが、あくまでも却下の構えの斉藤がやり返した。

「それ以前に、故人が『舘林茂一郎《もいちろう》』本人だってことをどう証明するんだ？　骨壺《こつつぼ》に顔写真を添えて持って行ったって、中身の骨《こつ》が故人の物だって証拠はない。下手《へた》すりゃ詐欺《さぎ》の疑いでもかけられて」

「斉藤おまえ、俺が天才霊媒師だってこと忘れてるだろ」

住吉が長い髪をかき上げながらうそぶいた。この男はラファエロの天使画レベルの美貌《びぼう》のせいか、黙っていれば凛《りん》とした雰囲気で、しぐさにはいちいち色気がある。しかし、しゃべり口は外見にそぐわず乱暴で、それなのにどことなく野生の風格みたいなものがある……という、ある意味つかみどころのない男に育ち上がった。

これが、たとえば知り合ったばかりの男ならば、ただの胡散臭《うさんくさ》い眉唾者《まゆつばもの》として適当に距離を置けばいいだけの話だが、まがりなりにも中学時代を（泉谷や斉藤は小中時代を）ともにしているという関係があるので、簡単に○×判断するわけには行かない厄介さがある。

そんな住吉に、泉谷がとろんと見蕩《みと》れているのに気づいて、光治はこっそり（おい）と泉谷の革靴履きの足を蹴《け》ってやった。

親友が美人を眺めて鼻の下を伸ばす図というのは、ふつうは楽しいからかいネタだが、その相手が美人な男となると、一気に事情は複雑化する。

光治としては、泉谷には（誑《たら》し込まれるな）と忠告してやりたいし、住吉には（俺のカワイイ親友に手を出すな）と言ってやりたいところだが、まだうまいチャンスにめぐり合わない。

「ご遺族様方の前で、俺が口寄せしてやればどうよ。説明と説得は、ももんじいが自分でやればいい。だろ？」

住吉が目を向けた相手は、光治には視えないが、その場所にいて返事をしたらしい。

「あんたは黙っててくださいっ」

斉藤が爺さん（の幽霊）に言いつけて、吐き捨てるように続けた。

「霊媒なんて、もともと社会的信用は限りなくゼロに近いうえに、その手のネタで売ってたナントカ教団が霊感商法で挙げられてワイドショーネタになったばっかりだ。誰が信じる！」

「あれは俺の責任じゃないぜ」

という住吉の発言に、全員がいっせいに振り向いた。

「なんだよ、おまえ関係者か?」

斉藤が眉をひそめて代表詰問し、住吉は言った。

「だから、俺は詐欺なんかやってねェし、金儲《かねもう》けとも関係してねェよ。俺は雇い主の教祖様の言うとおり、まじめに霊を降ろしたり除霊したり浄霊してただけ。給料も月十万しかもらってなかったんだぜ?」

泉谷がひそかにため息をついたのに気づいて、光治は(知ってたのか)と思った。

「馬鹿か、おまえはっ」

という斉藤の感想はたぶん、たったの月十万の小遣い銭で、何万人かの信者を集めるほどの才能を安売りしていたことへの憤りだろう。そういう男だ。

「そうか、あの『謎《なぞ》の美形教祖』っての、おまえだったんだ」

斎葬祭での暇つぶしに愛用しているテレビのワイドショー番組からの知識で、そう告発してやった光治に、住吉はチチチッと舌打ちしつつ人差し指を振って否定した。

「あの報道は、しっかり間違い。教祖はデブのオバサン、俺はオバサンに使われてた従業員兼ペットで、信者から金を巻き上げてたのは事務長やってたオバサンのダンナ」

ぺらぺらと言って、さらにつけくわえた。

「ペットっていっても、ベッドの相手まではしてねェぜ。オバサン、俺の見栄えを気に入っててよ。毎週、全身エステに通わせたり、わざわざ洋服屋に注文して俺用の服を縫わせたり、俺専属の美容師を置いて毎晩の顔パックとか美容マッサージとか、シャンプーとかセットとか、まるっきり『ペット命』とかって盛り上がってる飼い主のノリでさ。俺のほうは、エステにもパックにもうんざりしてたって、親父《おやじ》がオバサンから受け取った契約金の手前、逆らうわけには行かなかったしな」

それから、(光治の推測によると)たぶん住吉の言いわけの中身がよく理解できなくて、ぽかんと住吉を見つめていた泉谷に気づいて、ニヤッとしながら続けた。

「笑うのはよ、毎朝毎晩、教祖様が俺を『礼拝』しやがるんだ。手にキスしたり足舐《な》めたり、脱がされて体中撫《な》でまわされたし、抱きしめられたりもしたな。いい年したオバンが、うっとり恍惚《こうこつ》って顔で『ああ、天使様』とか言いながら、俺のぴちぴちナイスバディを」

「誰もおまえの性生活なんか聞いてねェだろ!!」

斉藤が(虫酸《むしず》が走る!)と言いたげな顔でわめき、やっと住吉の馬鹿話が止まった。

(この野郎……喰《く》いやがったな)と光治は気づいた。泉谷の愕然《がくぜん》としている表情が動かぬ証拠だ。住吉のやつ、俺たちが可愛《かわい》がってきたお人好しを、速攻で悪徳ホモの道に引っぱり込みやがった。こいつはちょいとどころじゃなく許しがたい罪ですよねェ、主よ。

「けどおまえ、そんな有名人なら、やたら人前に顔を出すのはまずいんじゃないか?」

泉谷が気を取り直して心配そうに指摘し、

「爺さんの家族の信用を得るには、もっとも向かない人間だな」

と斉藤が切って捨てた。

「俺が心配してるのはその件じゃなくて、英真のバイトの話だよ」

泉谷が頭痛でもするようにこめかみを揉《も》みながらぼやいた。

(そういえば『英真』『紘二』と呼び合ってた時点で怪しむべきだった)

と、光治は後悔のほぞをかんだ。道をはずれた泉谷を修正してやるには、もう遅いのか?

いやいや、そんなはずはない。二人が再会してからまだ一週間ちょっとだ。

泉谷がぼそぼそと続けている。

「街頭で拝み屋商売なんて、見つけてくれって言ってるようなもんだろ」

「あ、そりゃないないない」

住吉は気楽な調子で手を振った。

「ワイドショーとかに出た写真って、見たってぜったい俺だってわかんねェって。誰か見たやついるか? 覚えてるか?」

全員、首を横に振ったらしい。

住吉はキュキュキュキュッと笑って、足元においてあったバッグを引き寄せた。

「なんたって、これだぜ」

全財産入りとかいうスタジアムバッグをガサガサ掻《か》き回して、取り出したのは某写真週刊誌。

「えーとだな……おら、どやねん！」

へたくそな関西弁もどきと一緒に、ひらいたページをぱっとかざしてみせた。

『詐欺教団が一葉百万円で売りまくった、守護天使様ご真影』というタイトルで掲載されているのは、わざとぼかした撮り方での長髪の青年のセミヌード写真。ことに顔のあたりは光り輝いているような具合にぼやけているので、なるほど顔だちをはっきり見分けるのは無理だ。

「な？　俺には見えねェだろ？」

得意そうに胸を張った住吉から、泉谷が写真週刊誌を受け取った。およそ一分間もしげしげと眺めていたが、ほいと光治にまわしてきながらフンと鼻を鳴らした。

「なんだ、この『守護天使様』ってのは」

「俺は、教団の守護天使を降ろす『器』ってことで、霊体である守護天使さんが俺の中にいるあいだは、俺は生身の天使様……うふっ」

このカワイ子ぶりっ子は不愉快だが、『神霊＋器＝現人神』という論法には説得力がある、と光治は思った。顔もスタイルもいい男のセミヌードを神々しく演出している写真も、金集めのアイテムとしてはよくできている。女どもはキャッキャ喜んで買い込んだのだろう。

「おまえ、右肩と左腰にほくろがあるんだな」

写真からの発見を言ってやって、雑誌を斉藤にまわしてやろうとしたが、（汚らわしい！）

という目で睨《にら》みつけられたので引っ込めた。

「ほらよ」

と住吉に返した拍子に、泉谷の顔つきに気がついた。

「なんだよ、フグが毒食ったみてェな顔しやがって」

泉谷は一心に考え込んでいたようで、三秒ばかり遅れて「あ?」と光治を見やってきた。

「なんでもね」

と光治は話をチャラにしてやった。冗談を二度言うのは間が抜けているし、別のたとえを思いつくのは面倒だった。

「しかし、とにかくだ」

と住吉が話を引き戻した。

「俺が斉藤に頼んだのは、回収が成功したときにいる斎葬祭のハンコ入りの領収書を用意してくれって、それだけだぜ? たったそれだけのことで、なんでこんな会議なんかやらなきゃならねェんだよ」

「暇なんだよ」

光治は言ってやって、つけくわえた。

「斉藤、領収書の一枚ぐらい出してやれよ。一枚いくらかは知らないが、十円もしねェだろ」

斉藤は銀ぶち眼鏡の奥の目をキリキリと吊《つ》り上げた。

「そういう問題じゃないんだよ。こんなやつにウチの社名印入りの書類を持たせるなんて、ウチの信用を悪魔のかばんに入れてやるようなもんで、ぜったい認められないって言ってんだ！」

「んじゃァ、俺がついてけばいいだろ」

という光治の提案は、

「泥棒の詐欺師を社会人失格の脳足りんに見張らせて、どんなメリットがあるんだ？」

との毒舌で却下された。

「わかったわかった、もういい」

辛抱も限界という顔で、泉谷が仕切りに乗り出した。

「ももんじい爺さんが悪霊になってウチに祟《たた》ってこられちゃたまらないからな、仙台《せんだい》には俺と英真で行ってくる。経費は俺たちの個人持ちってことでいい。成功報酬は『厄払い』だ。そういうことで行くぞ、斉藤」

それはマズいぞっ、と思った光治が口をひらくより先に、

「却下。おまえは会社の顔だぞ、仙台くんだりまで出張されちゃ困る」

冷ややかに判決して、斉藤は言った。

「そこまで言うならしょうがない。千歩譲って、俺が行く」

「へ？」

という間抜け声を出したのは泉谷だが、光治も似たような間抜け面になっていたのだろう。

「なんか文句があるのか？」

ジロ〜リと一同を睨み倒して、斉藤は宣言した。

「もしも俺の出張中に仕事が入ったら、見積もり計算は俺がするからな。携帯とパソコンを持ってくから、ぜったい独断ではやるなよ。いいな、泉谷」

「ここじゃ社長より経理のほうがえらいんだ」

光治は住吉に説明してやり、

「そうらしいな」

と住吉は苦笑した。

「にしても、おまえら二人でだいじょうぶなのか？　客の前で怒鳴り合いなんかするなよ」

斉藤には勝てない泉谷が、せめてもの抗議をぼそぼそと言ったが、気に留めたのは住吉だけだったようだ。

ただし、

「俺はいびられ慣れてるし、斉藤は裏と表を使い分けるやつだから、心配なし。な、斉藤？」

というフォローで泉谷の心配がどこまでなぐさめられたかは、定かではない。

「じゃあ、明日の朝六時に東京駅の東北新幹線中央乗り換え口で待ち合わせだ。六時十二分の『やまびこ』に乗るからな、ぜったい遅刻するなよ」

「それって始発じゃねェのか!?」

「いや、始発の次だ。始発の『やまびこ四一号』だと、市役所が開くまで一時間も待たされる」

「なんだよ、列車まで調べてあったのかよ」

「新幹線を使うのか。高いぞ?」

「鈍行で五時間以上もこいつと顔つき合わせてるよりは、特急料金を払ったほうがまだましだ」

「けど、なんだってそんな早出すんだよ。そこまで張り切らなくたってよォ」

「極力日帰りで済ませたいからに決まってるだろうが!」

「電車賃も泊まり代も、俺が持ってやったっていいんだぜ?」

住吉が太っ腹なことを言い出したが、

「おまえと二人っきりの時間なんか、一分だって長引かせてたまるかってんだ!」

と斉藤をキレさせただけだった。

「はー……やれやれ。じゃあ、あっちじゃ当然タクシー移動で、降りたら駆け足な?」

「ナビつきの軽をレンタルする。おまえと一緒のうえにしゃべり好きの運転手にでも当たった日には目も当てられない」

「あのよ、そこまで無理して俺と来るより、紘一を貸してくれて留守番」

「それだけはぜったいさせん!!」

キレた目つきで怒鳴った斉藤に、光治は（ありゃりゃ）と思った。

もしかしておまえも気がついて……なるほどね。そりゃ住吉に当たりもするってもんだ。

（主よ、この哀れな子羊らに御救いを垂れたまえ。アーメン）

そう心の中で祈ってやった。

男っぽい顔だちと気のやさしい性格と、苦労を背負い込む宿命を持って生まれた、わが愛する幼馴染みが、今後巻き込まれるであろうトラブルがありありと予見できたので。

（二人が出かけてる隙《すき》に、おまえの懺悔《ざんげ》を聞いてやるよ、泉谷）

光治はそう決め込んだ。懺悔は本人の意思で行うことだし、そもそも泉谷はクリスチャンではなく、また光治にはまだ告解師の資格はないのだが。懺悔というのは住吉との仲を聞き質《ただ》すための口実だから、細かいことは気にしない。ようは方便というものである。

「いや、やっぱり俺も行く」

泉谷がぼそりと言って、注目した全員を一人ひとり見返しながら続けた。

「見積もりは電話連絡でやれても、こっちが俺と千島《ちしま》だけじゃ、仕事が入ったって充分には対応できないしな。それにこの三年間、うちは週休もなしの年中無休体制で頑張ってきたんだ。二日ばっか臨時休業入れたってバチは当たらないんじゃないか?」

苦しい言いわけだぜと思いつつ、

「んじゃ会社の慰安旅行を兼ねるって話か?」

光治がすかさず突っ込んだのは、自分だけ置いていかれそうな形勢を察知したからだ。

「そんな金がどこにあるんだよっ」

たちまち斉藤が青筋を立てたが、こういうことには頭が働く光治が、

「おまえと社長は、社用ってことであっちに経費を請求する。俺は住吉に貸してたカネを返してもらえりゃ自腹で行くし、住吉はもちろん自腹」

という整理をしてやると、不服そうながらも黙った。斉藤としては、泉谷が同行することについてはうれしいからだろう。

「おまえ、千島に借金があったのか?」

泉谷が住吉に尋ね、住吉は苦笑いしながら肩をすくめた。

「千島はさりげにカネ持ってたから、けっこうタカったよな、俺」

「世間じゃカツアゲっていうようなタカり方だったけどな」

「けどあのころって、千島は学年一デカくって、英真は……」

「水島郁《みずしまいく》ちゃんと『背の順』の先頭争いをやってたな」

そんな二人のあいだでカツアゲが成立したのかと、泉谷は呆《あき》れ顔だったが、

「当時の俺は献金が趣味だった」

という光治の説明で納得したようだった。泉谷という男は、こういうふうにころっとだまさ

れる単純さがカワイくて、俺がついててやらなきゃという気にさせる。

「とにかく累積じゃ二、三万は行ってるだろ。返してくれ」

光治はそう手を出し、住吉は「あいよあいよ」とポケットから財布を引っぱり出した。

「利息入れて三万でいいか？」

「俺は五万でも十万でもかまわねェぜ」

「俺は献金する趣味はねェんだよ。いま家賃準備中だしな」

「おう、アパート決めたのか？」

泉谷が身を乗り出し、光治は（そういえばこいつ、どこで寝泊まりしてるんだ？）と思った。最初は泉谷のところに転がり込むつもりに見えたのだが、泊まったのはあの日一泊だけらしく、どこか外から通ってきている。

「やっぱ住むとこは欲しいし、どうせならテナント兼用の物件がいいかと思ってな」

「ああ、親父さんみたいに看板出して？」

「あんな胡散臭い店にはしねェよ。昼間は喫茶店で、夜は酒も出す店とかどうよ。コーヒーの腕はプロ級だし、カクテルも作れるんだぜ」

「飲食業は免許がいるだろ？」

話がそっちへ深まって行きそうだったのを、斉藤が引きとめた。

「じゃァとにかく、俺と社長は会社派遣ってことで、住吉は臨時雇用のイタコ、千島は勝手についてくる暇人ってことでいいな？　集合に遅れたやつは置いていく。以上、解散」

「うしっ」

　と泉谷が立ち上がったので、そう決まった。


　寮長先生は、光治の外泊願いにいたく渋い顔をした。

「きみは現在、ローマ・カトリック教会の聖職者となるべく、この神学校に在籍しているのですよ？　本来でしたらもっと謹厳な修道生活を送ってしかるべきだと思いませんか」

「戒律も学生心得も厳守していますし、奉仕活動は推奨されております」

「その奉仕活動というのは無償ですか？」

「はい。感謝のご寄捨をいただくことはありますが」

「それはむろん教会に収めていますね？」

「はい、寮長様」

　もちろん方便だが、収入の一割は礼拝堂の献金箱に入れているのだから、まったくの嘘ではない。ところが寮長がすらすらと言い出した。

「先月が二千二百円、先々月が二千六百円、その前の月は二千円」

　この寮長、歳はまだ三十五だが校長も一目置く切れ者で、しかも日本生まれの日本国籍なのに金髪碧眼《へきがん》の迫力ある美形ときている。そのガラス玉のような青い瞳にじっと見つめられると、心の奥底に隠し込んだあげく忘れ果てていたような罪まで思い出し、矢も立てもたまらず告白したくなると言われているが……光治は逆にその目を覗《のぞ》き込んで、

「それが何か？」

と聞き返した。攻撃こそ最大の防御なのである。もっとも、それで動じる寮長ではないが。

「礼拝堂の献金箱に入っていた献金の、月ごとの集計額です」

おだやかに言って、寮長は小さくほほえんだ。

「外出が多い点についてはぜひとも改善してもらいたいですが、きみの誠実さは高く評価しているという話ですよ、ブラザー千島」

それから、机の引き出しから届出用紙を取り出して、ボールペンと一緒に差し出してきながら続けた。

「明後日の晩課までには戻るように」

「ありがとうございます」

その場で必要事項を用紙に書き込み、寮長が承認したしるしのサインをして、書類は引き出しに。引き出しを閉めたパタンという音が、静かな室内に小気味よく響いた。

「ところで、きみの献金がいつも新札なのは、主にはもっともよいヒツジを捧げるという心がけのつもりなのかな？」

さりげなく『一割献金』を突いてきた寮長に、

「ご明察痛み入ります」

と頭を下げて見せれば、

「きみのバランス感覚にこそ痛み入るよ」

寮長はニコリともせずに返してきたが、彼の言葉に裏はないことを光治は知っている。堅物ゆえに妄語虚言に類するお世辞のたぐいはいっさい弄《ろう》しない人間なのだ。

「恐縮です」

と会釈して、きびすを返した。

「あ、寮長様は笹かまぼこは召し上がりますか？」

「いえ。私はベジタリアンです」

「失礼しました」

だがドアを出ようとしたところで声がかかった。

「卵アレルギーなので、土産《みやげ》は和菓子にしてください」

「かしこまりました」

廊下に出てていねいにドアを閉めると、光治はウクク口を押さえた。

超石頭の謹厳極まりない堅物（と思われている）寮長が、時としてああいう可愛げを見せてくれることを知っている人間は、たぶんそう多くはないだろう。

泉谷紘一に次ぐお気に入りであるあの寮長が、自分の卒業まで現職に居残ってくれることを心から祈りつつ、光治は四人部屋の自室に戻った。

それぞれ勉強机に向かっていたルームメイトたちからの冷ややかな視線を、「たっだいま〜」というあいさつで中和して、わずかな私物を集積した自分の陣地で、早朝出発の明日の支度に取りかかった。

「帰省でもするのか？」

と聞いてきたのは、光治が内心『ピン』と命名している一宮勉《いちのみやつとむ》。

「ついに退寮命令を食らったんだよなァ、ハッハ！」

と憎たらしく笑ったのは、おなじく『ポン』と名づけてやっている本田良《ほんだりょう》。

「静かにしてくれないか」

と光治を睨んできたのは、これまた『パン』こと半沢道夫《はんざわみちお》。

「なんだよ、まだ宿題終わってねェわけ？　おまえら効率悪ィよなあ」

ピン・ポン・パンのがり勉三人組をまとめてイラッとさせてやって、光治は《主よ御元に近づかん》を鼻歌しながら荷造りを始めた。

トランクスを一枚と靴下一足、歯ブラシと歯磨きと髭剃《ひげそ》りと櫛《くし》と、タオルを一本。そしてもちろんＭｙ聖書。一泊旅行の必要品を、『ぽち』と名づけている黒革の小型ボストンバッグに収め、目覚まし時計を朝五時にセットしたところで、晩課の予鈴である鐘の音がカーンカーンと鳴り出した。

寮生たちは修道僧とおなじような生活をしていて、朝六時からの朝課（朝の礼拝）に始まって、九時からのミサ、午後六時からの晩課、そして夜十二時の夜課まで日に四回の礼拝堂での祈りがある。

修道院では労働に当てられる時間は、神学生としての各種授業や自習に励み、食事は七時、十二時、七時に、大食堂で教師たちとともに摂る。朝食を終えてからミサまでの時間は構内や自室の清掃や洗濯といった仕事に当てられ、当番制で配膳や皿洗いの手伝いなどにまわる。

光治は、斎葬祭での『奉仕活動』のために月に十日ほどは出かけるのがつねだが、そのぶんはレポート提出や担当教師との口頭試問で切り抜けているので、夕食後の夜の時間が忙しい。夜課までの時間は図書室にこもって過ごすのが習慣になっていて、好んで座る窓際の席はいつの間にか指定席あつかいになっている。

神学生がこなさなくてはならないカリキュラムは、みっちり六年分。日本語訳の聖書によるイエスの教えの読解のほか、原典であるラテン語の聖書の解読、悪魔に打ち勝つ剣となり身を守る盾ともなる聖句の暗誦《あんしょう》といった必修科目のほか、カトリック教会の歴史や主な神学論争、幾多の聖人たちの事跡や、認定奇跡の数々や、典礼や儀式の知識などを詰め込まなくてはならないし、世界布教の武器となる英語やスペイン語や中国語や、本山であるバチカンを訪ねる際に必要なイタリア語会話の授業もある。

小学生のころから神父を目指して、そこそこの基礎学力は培ってきている光治だが、欧米人にも難解といわれるラテン語にはとくに苦労させられている。

深夜十二時から始まる夜課への集合をうながす鐘に時刻を教えられ、底冷えがする礼拝堂での深夜の礼拝を終えると、光治はふたたび図書室に戻った。寝坊を心配しながら半端に眠るよりは、出かける五時まで勉強していたほうがいいと考えたのだ。睡眠は新幹線の中でとればいい。

レポートの資料として読みかけていたマックス・ウェーバーの『世界宗教の経済倫理』を片づけ、引き続き『プロテスタンティズムの倫理と資本主義の精神』に取りかかった。ほかにも参考資料が要りそうだと思いながら半分あたりまで読み進んだところで、部屋から持ってきておいた目覚まし時計がヂリリリと鳴り出した。

静まり返った図書室では飛び上がるほどの音量で響くベルを叩《たた》き止めて、光治は椅子から立ち上がった。長身を反り返らせて大きく伸びをすると、読みかけの本に自分の名前を書いた自作の枝折《しおり》を挟《はさ》み、机のすみに積んである資料用の本の山の上に載せて図書室を出た。

洗面所で顔を洗って徹夜の跡を消し、部屋に寄って荷造り済みの『ぽち』を持ち出すと、まだ真っ暗な夜明け前の街へと踏み出した。

東京駅で落ち合った一同は、おのおの眠そうな目をこすりながら新幹線ホームに向かった。

『やまびこ』に乗り込んで自由席のシートに落ち着くや、(泉谷の隣に座った住吉には、向かいに座った斉藤が睨みを利かせているので）光治はさっそく熟睡モードで寝入り、斉藤に「おい、起きろ！」と足を蹴飛《けと》ばされて目を覚ました。

「う〜い……もう着いたのか？」

「あと一分だ。行くぞ」

「爆睡してたな。徹夜で勉強でもしてきたのか？」

泉谷の察しのよさはうれしかったが、ここでそうだと答えては恰好《かっこう》が悪い気がする。努力は人の知らないところでするのが光治の主義だ。

「本にハマって寝そびれた」

と一割の真実で答えたら、

「どうせナントカの泉みたいな、くっだらねェ本だろ」

と斉藤にくさされたので、やり返してやった。

「斉藤く〜ん、トリビアぐらい言えるようになろうなァ？　あれは現代の叡智《えいち》が詰まったスグレ物だぜ。ダベリのネタには持って来いだし」

「ばかばかしいっ」

そうこうするうち列車は仙台駅に着き、一行はぞろぞろとホームに降り立った。

泉谷と斉藤は仕事服の黒スーツに地味ネクタイ、光治はいつもの黒の詰襟《つめえり》服で、住吉だけがラフなジーンズ姿だ。背中まで届く長髪の住吉はただでさえ異彩を放ち、しかも泉谷は、気づく人間は気づく骨箱入りの風呂敷包みを下げている。どういう一行かと思われたようで、駅を出るまでに何度も人に振り向かれた。

「んで？　まずは市役所か？」

「交番とどっちが近いかな」

「交番は人がいないことが多いよ。巡回に出てて」

「どこの田舎《いなか》の話だよ」

「駅前交番なら、さすがに留守番がいるだろ」

しかし結局無駄足だった。交番にいた若い警官は、大字《おおあざ》がついた昔の地名など知らなかったのだ。

そこで当初の予定どおり、開庁したばかりの市役所に向かい、地籍課で古い地図を調べてもらって行き先が判明した。

「ほらな？　ちゃんと実在した地名だったろ？」

「けっこう町中だな。バスとかあるんじゃねェか？」

「ありますか？」

と斉藤が職員に聞いたら、交通政策課にまわってくれと言われた。

「これって、かの有名なたらいまわしってやつ？」

住吉が泉谷にひそひそささやいたのを聞きつけて、光治はわざと二人のあいだに割り込んでやった。

「いや、三ヶ所以上まわされないと、そうは言わねェな」

「あ、観光パンフ発見！　もしかして載ってるんじゃ？」

「ダメだ、観光地図だから観光地以外載ってない」

交通課でバスの路線図はもらえたが、これまた略図なので土地勘のない人間には使えない。

「市内地図を手に入れよう」

「よし、本屋だ」

ということで書店に行ったが、「立ち読みで済ませよう」と言い出した斉藤と、「買おうぜ」と主張する住吉とが喧嘩《けんか》になった。

「舘林昭二郎さん宅への行き方さえわかりゃ、わざわざ買う必要はないだろうがっ」

「途中で迷ったらどうするんだよ」

「言葉が通じねェ外国じゃないんだ、聞きゃいいだろっ！」

「立ち読みなんてみっともねェってよ！」

「あんたは黙ってろ！」

と斉藤がやっつけたのは住吉ではなく、横から口出ししたらしい故もんじい爺さんのほうだったようだ。チリッと首の後ろの産毛を引っぱられたような感じがして、（おいおい、やたら爺さんを怒らせるなよ）と光治は思った。爺さんはまだそこまでは行っていないが、悪霊が放つ悪意の霊波の気色悪さというのは、腐乱死体が放つ究極の悪臭と比べても何倍も何十倍もひどい、まさしく耐えがたいものなのだ。

そこへ中年の店員がやって来て、「あのう」と声をかけてきた。

「舘林にご用のようですが……」

「あ、はい、舘林昭二郎様のお宅をお訪ねしたいんですが、ご存知ですか？」

泉谷がポケットから名刺入れを取り出しながら愛想よく尋ねた。

「わたくし、東京からまいりましたこういう者でして」

受け取った名刺を読んで、ぎょっとした顔になった店員の胸には『舘林』という名札。泉谷も気づいているから、踏み込んでみたのだろう。

「……昭二郎は私の伯父《おじ》ですが、どういったご用件でしょうか？」

胡散臭そうに面々を見まわしてきた舘林氏に、泉谷は神妙なふうに目を伏せて、提げていた風呂敷包みを胸の前に抱え上げてみせながら言った。

「じつはこちらは、昭二郎様のお兄様《にい》であられる茂一郎様のご遺骨でございます。併せてお預かりいたしましたご遺言もございますので、ぜひ昭二郎様にお引き合わせ願いたいのですが」

「茂一伯父さんのっ!?」

舘林氏は息を呑《の》み、

「すぐ本家と連絡を取ります！」

と言い置いてあたふた立ち去った。

ゲット、と泉谷が親指を立ててみせ、斉藤は手にしていた市内地図を棚に戻した。

偶然入った舘林堂《かんりんどう》書店の、じつは店長だそうな舘林成光《なりみつ》氏の運転で、舘林本家に向かった。この地の英雄・伊達政宗《だてまさむね》の傍流だという舘林本家は、山持ち土地持ちの大地主のうえに商才に恵まれた当主が何代も続き、書店チェーンのほかレストランや居酒屋やマンション経営、建設業や運輸業などの手広い商売で栄えているそうな。

「私ら分家の者はみんな、本家が持っとる店や会社で働いとりますが、分家が結束して本家を守《も》り立てとるわけじゃから、本家も私らを大事にしてくれます。一族経営は古いなんぞ言うのは、ありゃァうまく行っとらん会社の話ですわ。昭二郎さんって人がまた、頭はいいし腹も据《す》わっとる傑物ですしねェ。電話一本で東京から国会議員がすっ飛んでくる実力者ですわ」

そうした予備知識をもらっていたので、その豪壮を絵に描いたような大豪邸に着いたとき、腰を抜かすほど感心したのはももんじい爺さんだけ（とは住吉談）だった。

大型バスがゆったり二台も停められそうな駐車スペースから玄関に向かうあいだに、

「あーもー、自慢の弟さんなのはよくわかりましたから、ちょっとは黙っててくれませんかねっ」

斉藤が顔をしかめてぼやき、住吉がくすくす笑いした。

「おまえの耳って、いっつも全開状態？　コントロール法、教えてやろうか？」

「そんな方法があるのか？」

「聞かなきゃいいんじゃねェか」

「それができれば苦労はしてない！」

「紘一は、視たくないときは視ないって技が使えるぜ？」

「社長と呼べ、社長と！　馴《な》れ馴《な》れしいっ」

「はいはい、営業モード、ピッ」

スイッチを入れる真似をした住吉をギッと睨み返して、斉藤はすぽっと顔つきを取り替えた。玄関に着いていたので。


二十畳もありそうな立派な座敷に通され、茶を運んできた白エプロンの家政婦が「しばらくお待ちくださいませ」と出て行ったあと。

「どうやら楽勝で行けそうじゃないか」

ひそひそ声で言った泉谷に、おなじく小声で斉藤が答えた。

「どうだかね。金持ちほどケチだったりするぞ」

「そんなことはないって、爺さん言ってるぜ」

という住吉の弁護への、

「五十年もたちゃ、原形も留めねェほど変わってるかもしれねェだろうがっ」

という斉藤の反論に、光治はふと（こいつが反対してたのは、回収に失敗すれば爺さんががっかりすることになるのを心配してか?）と思いついたが、

「社長、この件はダメでもともとなんだからな。出張旅費は赤字に計上すりゃ何とかなるから、無理押しなんかしないでさらっと行けよ、さらっと」

という泉谷への忠告で本音が知れた。斉藤が心配しているのは、厄介ごとを背負い込んだお人好しの泉谷が、これ以上の泥沼にはまることだ。

「きちんと話を通したうえで断わられるなら、俺たちが恨まれる筋合いはないからな」

とは、借金を返したいという一念に固執するあまり、悪霊になる一歩手前といった気配を漂わせている爺さんへの釘《くぎ》刺しというか……恨みは話を断わった相手のほうに誘導しようとするたくらみというか。

だが斉藤は、

「俺うまくしゃべれる自信がないよ。斉藤、代わってくれ」

という泉谷の泣き言は、

「いやなこった」

と却下した。

「社長を差し置いて社員が出しゃばるような会社は、足元を見られる」

というのは正論なのだろうが、斉藤の口調には意地悪い響きがあり、お仕置きだとかいう口実で泉谷をいじめる気だなと光治は読んだ。俺に任せておけばいいのに、下手に首を突っ込んでくるからだ、バーカ……とでもいうところか。

可愛さ余って何とやらの心情か、ただのサド心か……と考えて、(サドのほうだな)と決め込んだ。

斉藤が猫と遊んでいるのを見かけたことがあるが、いじめているようにしか見えなかった。本人は遊んでやっているつもりだったと知ったのは、猫に逃げられたあとで、斉藤が引っ掻かれた手を舐めながら「馬鹿ニャンめ」と苦笑いするのを見たおかげ。つまりは、そういう愛し方しかできない性格なのだ。

「お待ちくださいって、なんか長い『しばらく』になりそうな感じだな」

住吉があくび混じりに言い、光治は腕時計を見やったが、ここへ着いたときに何時だったか見ておかなかったので計算不能だ。

「大物は忙しいと相場が決まってるさ」

と泉谷がなぐさめた。

茶菓子はなしの茶だけ(それも一杯きり)で一時間近く待たされたあいだに、光治は、ホームレスとして死んだももんじい爺さんの弟にして、この屋敷の主という人物への想像をほぼ固めていたが、待たせに待たせてやっとお出ましになった実物は、想像以上に難物そうなクソジジイだった。

中背のしなびた爺さんだが、やたら迫力のある目つきをしていて、（こりゃ極道系だな）と光治は思った。

爺さんは、泉谷が床の間に安置しておいた骨壷入りの白木の箱の前に正座し、ふかぶかと一礼してから、こちらへ向き直った。

「話を伺おうか」

と一同をねめまわした。

「突然まいりまして申しわけありません。こちらのお電話番号を存じ上げなかったものですから、事前にご都合も伺えませず失礼をいたしました。わたくし、こういう者でございます」

泉谷がていねいに名刺を差し出したが、爺さんは見向きもせずに言った。

「東京の葬儀屋というところまでは成光から聞いておる。この骨は茂一郎のものだと言っとるそうだな」

「はい、お連れいたしましたお骨は、たしかに舘林茂一郎様のご遺骨で」

「証明するような書類でもあるのか」

「はい、死亡診断書と火葬許可証の写しを持参いたしておりますが、少々ご説明が必要な」

「見せろ」

「はあ。どうぞ」

ブリーフケースから取り出した区役所の封筒を、泉谷はおずおずと爺さんの前に押しやり、爺さんは書類を一瞥《いちべつ》してフンと鼻を鳴らした。

「これのどこに『舘林茂一郎』の名がある。ん？　わしには『(通称) ももんじい (本名不明)』としか読めんがな」

「は、はい、ですからご説明を」

そのとき、光治の隣に座っている住吉のようすが変わった。スイッチが切り替わったように気配が変わって、住吉のではない声で言った。

『すっかりジジイになりよったが、寝しょんべん辰《たつ》じゃな？　辰造《たつぞう》、俺じゃ、茂一じゃい』

それから腕組みしてふんぞり返って続けた。

『わしは昭二郎に会いに来たんじゃ。昭二郎を呼べ』

女と見まがう長髪の美青年がしわがれた年寄り声でしゃべる違和感はすさまじく、いきなりこんなイタコ技をかまされては、誰だって目を白黒させる。ぽかんとあけた口から魂がさまよい出そうな爺さんの驚きぶりを見て、泉谷があわて声でももんじい爺さんを制した。

「い、いきなり出てこないでください、まだこちらからのご説明がっ」

しかしももんじい爺さんは聞く耳持たず。

『説明ちゅうたら昭二にしゃべらにゃラチがあかんじゃろうが。ほれ辰造、昭二呼べ』

「ほんどに茂一っちゃんがあ?」

鼻が詰まった泣き声に見やれば、辰造という名らしい爺さんは、さっきまでの強気はどこへやら。しわ顔は涙と鼻水でぐしょぐしょだ。

『おう、俺じゃい。死んでも戻らん気で出た家じゃが、ちいと無心せにゃならん事情ができてのう。三途の川の渡し舟に乗る前に、こうして寄り道して来たのよ。

昭二はおらんのか? あいつもやがて七十三じゃ、寝込んでてもおるんかい』

「いんやいんや、元気でおるよ。すぐ呼んでくるけえ、まだ行ぐなよ。待っててくれよ!」

そして辰造爺さんは部屋を走り出て行き、あっという間にもう一人の爺さんを引っぱって戻ってきた。

(なるほど、こっちが弟だな)と光治は心中うなずいた。ももんじい爺さんについては死に顔しか知らないが、あきらかに面差しが似かよっている。

「ほら昭ちゃん、茂一っちゃんだよ! わしのことを『寝しょんべん辰』って覚えててくれたんだよ、わしゃァこの人にゃァ洟垂《はなた》れのみそっかす子分じゃったけえのう! 生きとるうちに会いたかったが、こうやって化けて出て来てくれただけでもうれしいじゃないかっ、なあ昭ちゃん!」

辰造爺さんは感激しきりのようすだったが、ももんじい爺さんによく似た頑固そうな顔つきの昭二郎爺さんは、一同をじろりと見渡して憤慨したように言った。

「どこにおるんじゃ。茂一兄さんなんぞ、おらんじゃないか」

たしかに爺さんの前にいるのは、若くてイイ男が四人だけだ。

『ここじゃ、ここじゃ』

と住吉が手招きした。

『この若先生の体をお借りしとる。まあ、座れ。五十年ぶりじゃのう』

昭二郎爺さんは、手広い経営のかたわら趣味に畑作りでもしているのか、がっしりした体と日焼けした顔をしている。むすっとしたまま住吉の前に行って、どっかりと胡坐《あぐら》をかくと、

「イタコかや」

と横柄に尋ねた。その瞬間、住吉の顔つきがひょいと変わって、美貌に見合う気取った愛想笑みを浮かべ、住吉自身の甘いテナーの猫なで声で言った。

「はじめまして。恐山で修行を積みました天才霊媒師で、拝み屋の住吉英真と申します」

自分で天才って言っちまうのはどうよ、と光治は思ったが、受けは悪くなかったようだ。昭二郎爺さんは居住まいを正して言い出した。

「さようですか。二十四だった兄が行方知れずになって以来、恐山には何度も行きましたが、戦地で死んだ父とは会えても、兄の霊を降ろせたイタコはいなかった。そのたびに、きっとどこかで生きとるからじゃろうと自分に言い聞かせておりましたが」

「ええ、そのとおりです。茂一郎さんが亡くなったのは十日ほど前のことですから」

りだした。


「兄はいま、ここに来ておるんですかな」

「おられますよ。話したがっていらっしゃいますから交代します」

そして住吉はチャンネルを切り替えたように一瞬で表情を変え、ももんじい爺さんがしゃべりだした。

『おまえに会いに来たのは、じつは頼みごとができたからでのう』

とたんに昭二郎爺さんは顔つきを変えた。泣きそうななつかし顔になって言った。

「その前に兄さん、一つ聞かせてくれ。兄さんが家を出て行ったのは、好子《よしこ》が俺に惚《ほ》れたせいか？　兄さんの書置きには『俺は東京に出て一旗揚げたい。どうか好きにさせてくれ』とあったが、好子は死ぬまで、自分の心変わりのせいだったろうと気に病んどった。真相はどうなんじゃ？」

『そうか、好子は死んだか……いつじゃ？』

「去年じゃ。まあだ六十九じゃったが、癌《がん》でなあ」

『そうか……そりゃァおまえもさびしくなったなあ』

「俺のことはいいんじゃ。兄さん、どうなんじゃ？」

『まあ、好子のこともなかったとは言わんが、東京へ出たかったのも本当じゃい。家はおまえに任せたほうがうまく行くとも思うたしな。そのとおりになっておって安心したぞい』

「そうか……。それで兄さんは東京で成功したんか」

『おう。十年ばかりは苦労したが、向こうで知り合った男と貿易会社をぶち立ててなあ。一時は年商十億近くまで伸《の》したもんじゃわ』

「ほう、そりゃァたいしたもんじゃ！」

おいおい、いつまでしゃべくる気だよ、と光治は思った。この調子では一晩しゃべっても終わりそうにないではないか？　おまけに見栄張りのほら話ときたものだ。

だがホームレス仲間に慕われていたももんじい爺さんは、それなりの人格者だった。

『しかし不動産に手を出したのが失敗じゃった。バブル崩壊で会社はつぶれ、最後はホームレスをしちょってのう。しばらく区の救護施設で世話になっとったが、前から悪かった心臓が止まってお陀仏《だぶつ》よ』

そうすぱすぱと身の上を明かして、

『ついては、おまえに頼みがあってな。いまさら未練なことじゃが気になって目をつぶれん。どうか聞いてくれ』

と畳に手をついた。

「何でそんなことになる前に帰ってこんじゃった！」

涙にかすれた声で叫んだ昭二郎爺さんは滂沱《ぼうだ》の泣き顔。つられた泉谷がぐすっと洟をすすった。

『まあまあ、俺にも意地があったでよ。ほいでな、よくしたもんで葬式は区が出してくれたんじゃが、どこも財政切り詰めでケチケチ予算じゃろうが。それで、この人らに迷惑をかけることになってのう。

すまんが昭二、わしの尻拭《しりぬぐ》い代として二十万ばかり用立ててくれんかの。わしゃ借金だけは作らん主義で生きてきたんじゃが、最後の最後にしくじった。他人様に借りを作って逝《い》くよりは、身内のおまえに引き受けてもらえんかと思うてなあ。すまんが、このとおりじゃ』

ちゃっかりさばを読んで深々と頭を下げたもんじい入りの住吉に、昭二郎爺さんはおいおい泣きながら抱きすがって言った。

「もちろんじゃ、兄さんのためとあれば喜んで出させてもらうわ！　たったの二十万でええのか⁉　兄さんのためなら二百万だろうが二億だろうが用意するぞ⁉」

「あ、いえ」

と口をはさんだのは、もらい泣きに目を真っ赤にした泉谷。

「お願いさせていただければと思っておりますのは、こちらの金額で」

斉藤作成の請求書を見て、昭二郎爺さんはカッと目を剝《む》いた。

「棺おけ代（差額）二万円、出張旅費（二名分）四万二千三百六十円、人件費（通訳）二千円……で、計が六万四千三百六十円⁉　なんですかな、これは！」

バシバシと請求書を叩いて詰問した昭二郎爺さんの剣幕に、（ほら見ろ、もん爺め、色をつけすぎだ）と光治は思い、泉谷がおたおたと説明にかかった。

「あ、はい、その通訳代の人件費といいますのは、こちらの住吉くんの」

しかし爺さんの憤慨の意味は別だった。

「こんな立派なイタコさんを、こんな安値で使うたらいかんじゃないですか！　それに出張旅費の人数が合《お》うとらん！」

「あーその、こちらの男は勝手についてきただけで、社からの正式な派遣はわたくしと経理の斉藤だけという計算ですので」

昭二郎爺さんはおでこに青筋をうねらせて泉谷を睨みつけた。

「あんたさんっ、正直なのはけっこうじゃが、こんなそろばん考えん商売しとったら会社はつぶれるよ！　おい、ペンはあるかねっ」

「あ、はい」

差し出されたペンをひっつかむや、爺さんはガミガミしゃべりながらガシガシと請求書を修正し始めた。

「いいかね！　出張費は『旅費』じゃなく『経費』と書いて、東京仙台の足代が往復二万千百八十円に宿泊代食事代を入れて三万、かける四人で十二万。イタコさんの謝礼金が十……いや二十万じゃ。いや、安いか？　そうさな、三十万じゃ。それと棺おけ代二万と、わざわざ時間を使って出向いてきたぶんを『諸経費』として入れ込んで……締めて五十万じゃ。

どうじゃ辰ちゃん、これなら相場じゃろ？」

「うむうむ」

「これぐらいの請求書は書いてきなさい」

書き直した請求書を突っ返されて、泉谷は困惑の顔で頭をかいた。

「いや、こんな法外な請求はできません。私どもは日帰りいたしますし」

「そりゃァいかん！　兄さんとは心行くまで今生の別れをしたい。今夜はうちに泊まってもらいますよ」

押しの強さで泉谷を黙らせて、昭二郎爺さんはむんずと住吉の手を握った。その手を愛《いと》しそうに撫でまわしながら言った。

「兄さん、今夜は飲み明かそう。終戦後のあのころは味もしないほど薄めたバクダンしか飲めなかったが、いまはどんな酒だって飲ましてやれるよ。隆三郎《りゅうざぶろう》のとこの次男が日本中の地酒を集めた居酒屋をやっとるんだ。評判のいい酒ばかりを集めとる、全国雑誌にも載った店だよ」

『隆三郎も元気なのかい』

「いやあ、あいつは四十前に死んだよ。もう二十五年以上になるのう。念願だったチョモランマに登りに行ったきり、帰ってこなかった」

『そうかあ、じゃあ俺のほうが先に会うな』

「ほかの弟妹《きょうだい》はまだみんな元気だ。すぐに呼ぶから会っていってくれ。辰ちゃん、おまえさんもつき合いなよ」

「ありがとうよ。茂一っちゃんの友達の人らは呼ばないでいいかい？　エンさんやキタさんとかさ」

「ああ、呼ばにゃ呼ばにゃ。茂一兄さんを知ってる者は全員集めてやってくれ」

「よしきたっ。すぐに集めるよ！」

……かくして舘林本家では、主だった親戚《しんせき》や縁者とおぼしい五十人ほどの客たちが、当主の死んだ兄を迎えての大宴会を営む運びとなり、斎葬祭一行も末席に連なったのだが……

山海の珍味を満載した三の膳までありのご馳走《ちそう》に、珍品の美酒銘酒がふんだんにふるまわれる宴席のすみで、光治は、浮かない顔の泉谷に話しかけた。

「爺さんが成仏したくなくなるんじゃねェかって、心配なのか？」

「いや、英真さ。あーもー、あんなにかぱかぱ飲みやがって」

泉谷は気が気ではないというようすで顔をしかめながら上の空に答えた。

住吉（中身はももんじい爺さん）は、もちろん昭二郎爺さんと並んで上座に座っていて、つぎつぎ酌にやってくる親戚や知り合い連中と楽しそうに酒を酌《く》み交わしている。

「そういやあいつ、もう三時間ばっかも爺さん憑《つ》けたまんまだな」

「タイムリミットがあるのかどうか聞いてないんだ」

「やっぱヤバいのか」

「わからん、除霊や浄霊は疲れると言ってたが。ただ霊に体を貸すだけなら、そう問題はないのかもしれないが、あんなに馬鹿飲みしたら……」

そこへ、料理を満腹まで詰め込んだ腹を反り返らせて休憩していた斉藤が、意地悪い調子で口をはさんできた。

「なんならあいつは熨斗《のし》つけて進呈してったらどうだよ」

「それじゃウチの手が足りなくなるだろうがよ」

という泉谷の反論は、住吉を手放したくない言いわけだ。

「先週みたいに葬式が重なることなんか、めったにないって」

と斉藤が正論で切り捨てた。

「……俺が心配してんのは、あいつにまた妙なやつが憑いた場合だよ」

泉谷が言ったとたん、斉藤はボッと赤くなり、何を思ったか膳の上の徳利をひったくってがぶがぶと飲み干した。ぷはっと徳利から離した口を手でぬぐいながら、じとりと泉谷を睨みつけた。

「俺は酔ってる。だから聞く。おまえ、あの晩あいつとやったな?」

思わず光治も注目し、泉谷はぽわっと目元を赤らめて顔を伏せた。

「や、やってねェよ。あの晩はあいつ、淫乱《いんらん》女の幽霊に取り憑かれて」

「なんだよ、あの晩っていつだよ!　え!?」

そんな話は聞いてねェッと膝《ひざ》を迫らせた光治に、斉藤が吐き出す口調で言った。

「住吉が舞い戻ってきた晩だよ。あいつ、泉谷に迫りやがってさ」

「だからあれは女がっ」

「聞き捨てならねェな」

光治は唸《うな》り、泉谷は観念した顔でしゃべり出した。

「あいつは霊媒能力が高いもんで、うっかり泥酔したりして意識がなくなると完全に体を乗っ取られるんだよ。自分でもそれはわかってるから、酔わない程度にしか飲まねェように気をつけてるって言ってたんだが、ジジイめ、あんな勝手をしやがって」

「でもあいつ、憑けるのも外すのもコントロールできるとか言ってなかったか？」

「ああ、そのはずなんだが……ほだされやがったかなァ、五十年ぶりの送別会ってやつに」

深刻な顔でぼやいた泉谷に、斉藤がケケケッと笑って寄りかかった。

「イタコとしちゃベテランなんだろ？　ほっとけほっとけ。それより俺の話を聞け、泉谷」

「なんだよ、酔っ払い」

「おうよ、酔ってるろ、ぐらぐらだァい。だから、こ～んなこともよ……」

へろへろと言いながら斉藤はヨイセと中腰になって両手で泉谷の顔を捕まえ、止める暇もなく泉谷の口にぶちゅっと口をくっつけた。

「んわっ!?　ば、ばかっ」

と、うかつにも口をあけた馬鹿は、あびせ倒しを食らうと同時に舌を入れられたらしい。

「むぁっ！　んぁんむっ……むぅっっっ……！」

あっけに取られて眺めていた自分にハッと気づいて、光治はあわてて斉藤の襟首をつかんだ。

「ブ、ブレイク、ブレイクッ！」

力ずくで引っ剝《ば》がしたが、時すでに遅し。泉谷は（驚愕《きょうがく》のあまりか感じちまいやがったのか）目もうつろにぶっ倒れていて、その唇は蹂躙《じゅうりん》されたしるしの唾液《だえき》に濡《ぬ》れ光っている。

「お、おまえっ、悪霊でも憑きやがったかっ!?」

憤怒を込めて引きずり倒してやった斉藤が、眼鏡のずれた顔でケケケッと笑ってほざいた。

「いいか紘一ィッ、俺は中学の体育んときおまえに寝技で勝った男だぞ！　あんにゃノラ野郎とくっついたりしやがったら俺の下僕にしてェ、一っ生～お仕置きしてやるんらっ、覚えとけ～」

そしてへにゃらへにゃら笑っていたと思うと、カクッと沈没した。

「……こいつの酒癖ってキレてやがんなァ……」

そこへ背中にどかっと膝らしい硬さがぶつかってきて、（痛いなっ）と振り返った。

ユデダコみたいになった住吉が、

「あたたた」

とよろよろ尻《しり》もちをつきながら泉谷に言った。

「紘一～、傷は浅いぞ～、気を確かに……うぷっ」

「うわっ、待て、ここで吐いたらコロすっ！」

酒席では、素面《しらふ》の人間ほど割を食う。住吉を便所に緊急連行して面倒を見てやり、畳に転って寝てしまっている斉藤を部屋まで引きずっていき、戻ってくれば泉谷と住吉が人目も気にせず肩を寄せ合ってイチャイチャしている。

「おいっ、斉藤運んできたぞ」

頭にきながら声をかけた光治を、泉谷がまだうつろっぽい顔で見上げてきて言った。

「なあ、千島は知ってたのか？」

横にいる住吉は困ったように顔を伏せていて、イチャイチャではなく善後策でも話していたらしいが、どちらにしても光治には面白くない。二人の前にわざとどかっと腰を下ろして言ってやった。

「おまえらがデキてるのは昨日気がついた」

「そ、そうか」

と泉谷は真っ赤になってうろたえ、質問してきたのはそのことではなかったらしい。

「斉藤の酒癖なら、初めて見た。あいつと飲んだのは、おまえがやってくれたバイト歓迎会の一回だけだからな」

そう答えを言い直したが、それも違っていたようだ。

「いや、その……酒癖なのかな。それとも、まさか……」

「おまえに惚れてんだろ、あいつなりに」

言ってやって、がっくり肩を落とした泉谷の態度にカチンと来ながらつけくわえた。

「あいつが公認会計士やら国際行政書士やら何やら、六つばかり資格を持ってんのは知ってんだろ。独立してもがっぽがっぽ稼げるやつが、なんでおまえの貧乏会社でしこしこ働いてると思ってるんだよ」

「あー……暇な時間が多いから、ネットで株をやんのにちょうどいいからじゃ……」

自信なさげにぼそぼそ言った泉谷に、吐いたおかげですっきり顔の住吉が口を出してきた。

「それはかなり紘一寄りの解釈かもな」

そして住吉は光治に目を向けてきて言った。

「デキたって言っても、こいつは流されて喰われたみたいなもんだ。でも喰っといてナンだけど、紘一のやり方って俺の趣味じゃなかったんで、現在セフレ募集中だぜ。千島どうだよ？」

「え、英真、それって俺が下手だったたって意味か!?」

泉谷が馬鹿正直に目を剝き、昔以上の曲者《くせもの》野郎になっているらしい住吉は、ウフッと笑って泉谷の度肝を抜くようなことを言った。

「ってェか、俺ってほんとはタチなんだよな。つまりおまえが挿入《い》れさせてくれるんならカップルになってもいいけど、ネコやるのはもうごめんだぜって意味さ」

「そ、そんなっ！　だっておまえ、イイって何度もっ」

「ストップ」

周りを見てものを言えと、胸の前での指さしと目くばせで注意してやって、光治は二人に宣告した。

「とにかく不純同性交友は主の教えに反する。懺悔して罪の許しを乞い、以後二度とするな」

「誓いま〜す」

と住吉はおちゃらけ、

「俺はクリスチャンじゃない」

と泉谷はそっぽを向いた。

これはどう判じる？　と光治は自分に聞いてみた。表面だけ見れば、泉谷のほうが住吉に惚れてるように思えるが……しかしまあ、どっちにしろ友として更生させるべきだ。

そこで、このチャンスに諄々《じゅんじゅん》と説教をしてやろうと口をひらきかけたところへ、首まで真っ赤にした昭二郎爺さんがよろよろしながらやって来た。

「ああ、いたいた」

とうれしそうに住吉の前に座り込み、手を取って両手で撫でまわしながら言い始めた。

「兄さん、兄さん、俺ァほんとにうれしいよ。こうやって俺に会いに来てくれただけでもうれしいのによォ、大川橋蔵《おおかわはしぞう》にそっくりだったころの若い姿で来てくれるなんて、俺ァもう今夜にでも死んで、明日は兄さんと一緒に葬式を挙げたいぐらいだ」

そこへ辰造爺さんがこれまたよろよろとやって来て、

「昭ちゃん、そんなのァだめだよ。俺を置いていくなよ」

と昭二郎爺さんの膝にすがって泣き出した。昭二郎爺さんのほうは、辰造爺さんの背中を撫でてやりながらも、

「俺ァこのまんま兄さんについて逝《い》きてェよ」

と、しんみり声でつぶやき……

「馬鹿なことを言わないでください」

住吉がたしなめ、泉谷があたりを見まわした。

「あれ？　ももんじい爺さんは？」

「逃げたよ」

ひそひそ声で住吉が教え、光治はウウムと頭を掻いた。

「もしかしてコレか？」

と爺さんたちにはわからないように畳の上に三角形を描いて見せたところ、

「モの字はノンケ」

という耳打ち。

「弟としては可愛く思ってたそうだけどね」

「マジかよ……けどじゃあ、居残る心配はなしか」

「明日の葬式まではつき合ってやればって言ったんだが、さっきもう昇って行っちまったよ。聖比丘尼《しょうびくに》に惚れたみたいでね」

「あんなしわしわの婆《ばあ》さんにか⁉」

「菩薩《ぼさつ》界にいる婆さんだから、ほんとの姿は端麗甘口な観音形《かんのんぎょう》なんだぜ？」

この世もあの世も、物事の多くは恋愛エネルギーで動いているんだろうか……と光治は思った。


その晩は、光治は、壁際の寝床に入らせた泉谷の隣に寝て、がっちり泉谷をガードした。

翌朝、斉藤は頭を抱えてしきりに二日酔いだと呻《うめ》いていたが、半分は昨夜の所業への言いわけだろう。

舘林本家では、遺骨で戻ったももんじい爺さんの葬式をやり直すそうで、朝からバタバタと準備をしていたが、光治たちは早々に引き上げた。あとは親族とこっちの業者とでやることだ。

昭二郎爺さんは、自分で書き換えた請求書どおりの金額を現金で支払ってくれたが、四人きりになった新幹線の中で斉藤はブツブツ文句を言った。

「こう大幅に色をつけられたんじゃ、経理上の処理が厄介なんだよ」

「そうなのか?」

「キャッシュフローが大き過ぎて、税務署に突っ込まれそうだ」

「そのときは正直に説明すりゃいいだろうが」

「くそっ、面倒くせェ」

「なあなあ、昭爺さんが注文した葬式って、やたら豪勢な感じだったが、あれっていくらぐらいなんだ?」

住吉が能天気な調子で尋ね、泉谷が答えた。

「三百万クラスってとこじゃないか? お布施や戒名代は別で」

「ひゅうっ、金持ちはやることが違うぜ」

目を丸くしてふざけてみせた住吉に、斉藤がぽんと札束を渡した。

「え、何これ。手切れ金とか?」

「ばーか、おまえの仕事料だ。今日中に領収書よこせよ。収入印紙も忘れるな」

「うわっ、三十万。上前取らねェの?」

「せめてマージンと言え、人聞きの悪い」

つけつけと突っ込み返しつつ、斉藤は光治にも四万渡してきた。

「領収書は出張経費込みのバイト料ってことで書け」

「うおっ、臨時収入」

「俺には？」

と泉谷が手を出し、斉藤はちょっとためらってから十枚数えて手渡した。

「えっ？　こりゃ多過ぎだろ」

「キス代か？」

と突っ込んだ住吉は、光治がバシッと頭をひっぱたいてやった。

「痛ってェ〜」

「思っても言うなよっ。友達甲斐《がい》がないぞ」

「なんだよ、俺たちには不純同性交友は禁止とか言いやがったくせに」

「い、いちおう社長だから、それなりの時給で換算してやっただけだ！」

「けど、これじゃ必要経費の足が出るだろ」

たしかに残った金は六万で、何千円か不足する。

「俺と社長の切符は往復割引で買ってるからな、ギリ足りてんだよ」

「あーでも、斉藤の分け前は？」

半分やろうかという顔で聞いた泉谷に、斉藤はフフンとふんぞり返ってみせた。

「なんだったら俺が毎月おまえに小遣いやってもいいんだぜ」

「さては株でぼろもうけしてやがるな!?」

という光治の告発と、

「うっわ、援助交際!?　愛人契約!?」

という住吉の笑い叫びが重なって、光治は（てめっ！）とふたたび住吉をはたいてやった。

「痛ってェな、も～っ！」

「斉藤をオチョクんなよっ」

「えーうっそ！　千島ってば斉藤狙《ねら》い!?」

「ンなわけねーだろっ！　仲間は大事にする主義なんだっ」

「じゃ俺は？　仲間はずれってことかよ？」

「あたりまえだろ。十年足りねェよ、この出戻りが」

「うは～、それ言われちゃ反論できね～」

しょんぼり肩を落としてみせた住吉だったが、そのしぐさはいかにも芝居がかっていて、そうした線引きをされたことをむしろ喜んでいるような。

（この野郎、いったいどこまでが本気で、何が本音なんだ?）

とにかくこんなつかみどころのない男が相手では、泉谷はいいように振り回されて苦労することになるだろう。

そこで光治は、東京駅での乗り換え中にチャンスを見つけるや、ひそっと泉谷に耳打ちしておいた。

「住吉のことでも斉藤のことでも、いつでも相談に乗るぞ」

泉谷は苦笑を返してきただけだったが、余計な世話だとは言わなかったから、思い余ればすなおに頼りにしてくるだろう。

光治は満足して、

「んじゃ俺はこっちだから」

と別れの手を振った。三人は山手線《やまのて》、光治は中央線なのである。

学校に戻ると、寮長先生には舘林家が土産に持たせてくれた菓子折りを進呈し、礼拝堂の献金箱には四千円入れた。住吉から取り立てた三万円は、昔の貸し金が返ってきただけで収入ではないという計算だが、主もご異存はないはずだ。

ひざまずいて十字を切って帰還の略式セレモニーを済ませると、光治は腕まくりしつつ厨房《ちゅうぼう》へと急いだ。皿洗い当番やらを先送りにしてもらったツケがだいぶたまっているので、稼げるときにはパン生地こねや芋《いも》の皮むきで点数を稼ぐことにしているのだ。

こうした勤労意欲を示す努力によって、光治は厨房のスタッフたちに可愛がられ、よく食べ物をもらう。千島光治は、仲間たちが思っているよりずっと処世術に長《た》けた男なのである。

あとがき

こんにちは、秋月《あきづき》です。

このたび新登場となりました、イケメンぞろいの葬儀社噺《ばなし》。ご感想はいかがでしょうか。

お葬式というのは、誰にとってもたいへんデリケートな経験であるわけですが、ご遺族や関係者が悲嘆の涙にくれるご葬儀の裏に、その式次第の万端を取り仕切ってくれる葬祭業者の方々の活躍があることは、あまり意識されないことだと思います。

私が葬祭業という仕事に興味を持ったのは、社会的立場によるおつき合い上、年に数回以上もご葬儀に参列するという経験をしていることにくわえて、『葬儀屋さんが行く』(横山潔著・KKロングセラーズ発行／１９９６年初版）という本と出会ったからでした。

そこには、敬意と同時にある種のタブー視がつきまとうお葬式という営みを、遺族の気持ちに寄り添ってお世話しようとするプロとしての真摯《しんし》な努力が、人情味豊かなエピソードによって語られていました。それで（ああ、この業界のことを書いてみたいな）と思ったわけです。

ちなみに葬祭業コンサルタントという肩書きの著者は、この小説の主人公である泉谷紘一とおなじく葬儀社を営む家に生まれて、葬祭業界に入られた方ですが、紘一のモデルというわけではありませんので、誤解のないよう申し添えておきます。

ところで、人は生まれたからにはいつかは死ぬもので、そうした人の生の最後を締めくくるのが葬送という儀礼ですが、では死んだあと、人はどうなるのでしょう。

肉体の死と同時に、すべては無に帰るのでしょうか。それとも、肉体は滅びても霊魂は生き続け、俗にいう死後の世界での生活に入るのでしょうか?

その判断は、『霊魂』は存在するか否か、という人類史上もっとも難解な設問に対して、どういう答えを出すかによりますが、私は（霊能力なんて皆無で、幽霊など見たことも感じたこともありませんが）不滅の霊魂の存在を信じています。

その理由はいくつかありますが、もっとも大きいのは、人間にとって最大の謎は人の心であるというぐらい、複雑かつ精妙極まりない精神活動を行なう『ヒト』という生命体が、物理的なシステムのみによって稼動している単なる動く物体であるとは、とうてい思えないからです。

現在、脳の働きや遺伝子の機能についての研究が着々と進んでいますが、私はそれは、たとえて言えばガンダムやパトレイバーといった被操縦体マシンを解剖しているだけのことだというふうに感じます。ガンダムの稼動システムが、その設計図からICチップの型番に至るまで解明されたからといって、それを操縦するアムロ・レイという少年の存在に届くことはない……

人間は、物体である肉体と精神体である霊魂で構成されていると考えている私は、肉体と霊魂との関係をそんなふうに捉《とら》えているのですが、皆さんはどうお思いでしょうか。

最後になりましたが、皆様の魂の平安とご成長をお祈りいたします。合掌この本を読んでのご意見、ご感想を編集部までお寄せください。

《あて先》〒105－8055　東京都港区芝大門2－2－1　徳間書店　キャラ編集部気付

「本日のご葬儀」係

■初出一覧

Chara

本日のご葬儀

キャラ文庫

2006年4月30日　初刷

著者　秋月こお
発行者　市川英子
発行所　株式会社徳間書店
〒105-8055　東京都港区芝大門2-2-1
電話03-5403-4324（販売管理部）
03-5403-4348（編集部）
振替00140-0-44392

印刷　図書印刷株式会社
製本　株式会社宮本製本所
カバー・口絵　近代美術株式会社
デザイン　海老原秀幸

ISBN4-19-900388-6

好評発売中

秋月こおの本

【要人警護】シリーズ1~5

イラスト◆緋色れーいち

警視庁勤務の立花《たちばな》美晴《みはる》は、クールな美貌の凄腕SP。政府高官や来日VIPの身辺警護が仕事だ。今回の美晴の任務は、アラブの王族の青年外相の護衛。同時に新人SPの教育係も任されてしまう。ところがその自信過剰な年下の男・西條《さいじょう》剛志《ごうし》は、なんと元恋人の弟だった!!　精悍な顔立ちも仕草も、別れた男によく似た剛志に、美晴は一目惚れされて!?　恋と任務のデッドヒートLOVE。